— 書き下ろし長編官能小説 —

魅惑のハーレム喫茶

九坂久太郎

JN052884

竹書房ラブロマン文庫

目次

この作品は、竹書房ラブロマン文庫のために
書き下ろされたものです。

第一章 誘う美魔女妻

1

カシャッ、カシャッと、機械音が鳴り響く。

芦田太一《あしだたいち》は、一眼カメラの背面液晶を見据えて慎重にピントを合わせ、シャッターボタンを押した。

被写体は女性。しかも、かなりの美人である。

脚を組んで、悠然《ゆうぜん》とソファーに腰かけている彼女の姿を、あちこちから構図を変えて撮影していた。手振れを起こさぬよう、脇をギュッと締めてカメラを構える。

(はあ……緊張するなぁ。綺麗《きれい》に撮《と》らないと、後で絶対怒られるだろうし)

太一が今いるのは、二十五階建てのタワーマンション。その上層階の一室のリビングダイニングだった。今年大学生になったばかりの十九歳の太一に住める部屋ではなく、レンズに向かって堂々たる笑みを浮かべている彼女の家である。

広々とした空間は、太一の住む六畳のワンルームが三つほど収まりそうだった。まるで高級ホテルのような洒落《しゃれ》た家具類。壁一面の大きな窓――その外は、遙《はる》か遠くの町並みが見渡せる。

「あの、とりあえずこんな感じですけど……」

撮った写真をカメラの背面液晶に映し、彼女――伊東英理香《いとうえりか》に見せた。いろんな角度から写された自身のポートレートに目を通し、英理香は満足そうに目を細める。

「なかなか上手じゃない。ふふっ、綺麗に撮ってくれて嬉しいわ」

「あ……いや、カメラとレンズがいいんです」太一は照れながら言った。「英理香さんも、少し練習すれば同じように撮れますよ」

「あら……ふぅん、カメラとレンズが良かったのね」

不意に英理香は、ジロリと太一を見据える。「じゃあ、被写体は？　別に良くなかったかしら？」

「えっ……あ、もちろん、いい写真になったのは、英理香さんが、その……とってもお美しいからで……は、はい」

慌ててそう言うと、英理香はまたにっこりと微笑《ほほえ》んだ。

「そう？　ふふふっ、ありがとう」

太一はほっと胸を撫で下ろす。切れ長で吊り上がった彼女の瞳は、どことなくアンニュイな眼差しが実に魅惑的なのだが、しかしその目で睨まれると、なんとも迫力を感じた。きっと怒らせると、かなり怖いだろう。

（うん……まあ、美人なのは間違いないけど）

年齢は四十歳だというが、すっと鼻筋の通ったその顔には、染みも小皺《こじわ》も見当たらない。長い黒髪は漆器のようにつややかで、実に写真映《ば》えした。

もし三十歳だと言われても、太一は少しも疑わなかっただろう。それでいて熟《う》れた女ならではの色気は溢《あふ》れんばかりだ。いわゆる美魔女である。

そんな彼女と知り合ったのは今から数か月前のこと。大学生になって一人暮らしを始めた太一は、たまたまある喫茶店に通うようになり、彼女はその店の常連客だったのだ。何度も顔を合わせているうちに会話をするようになり、今ではずいぶん親しくしてもらっている。

ただ、今日はなんの目的もなく遊びに来たわけではなかった。太一は、英理香にカメラの使い方を教える約束だったのだ。

数日前、喫茶店に来た英理香がこんな愚痴をこぼした。娘の運動会のために一眼カメラを購入したが、その操作方法が難しすぎるという。

英理香は説明書を読むのが苦手らしく、ほんの数ページでギブアップしてしまったそうだ。

それを聞いて太一は、「じゃあ、僕が教えましょうか？」と言った。去年、兄が結婚して、そのときに太一は披露宴《ひろうえん》の写真係をさせられたのだ。それ以来、一眼カメラには触れていないが、基本的な操作方法くらいは覚えている。

英理香は喜んで太一の申し出を受けた。それで今日、彼女の家に招かれたわけだが、一眼カメラのボタンやダイヤルの説明をし、撮影方法を話し始めると、英理香はみるみるやる気を失った。

「どうしてそんなに面倒くさいの？　もうスマホでいいような気がしてきたわ」

確かに、スマホでも充分に綺麗な写真は撮れる。が、一眼カメラには一眼カメラならではの良さがあるのだ。それを知ってもらうため、太一は英理香のポートレートを撮ったのだった。

「ほら、英理香さんの背景が綺麗にぼけているでしょう？　こういう写真はやっぱり、スマホより一眼カメラの方が得意なんですよ。それに運動会の写真だったら、きっと細かいズームの調整が必要になりますよね？　それもズームレンズを装着《そうちゃく》した一眼カメラの方が楽だと思いますよ」

「……ふぅん、なるほどねぇ」

まじまじと写真を眺める英理香。やがて顔を上げ、平然とこう言う。

「じゃあ、運動会の写真は、太一に撮ってもらおうかしら」

「えっ……ぼ、僕がですか⁇」

「ええ、お願いね」英理香は、これで一仕事片づいたとばかりに微笑んだ。「そもそも、私には向いてなかったのよ。私、撮るより撮られる方が好きなの」

なんでも彼女は、二十代の頃にはイベントコンパニオンの仕事をしていて、ゲームショーやモーターショーなどのコンパニオンもしていたという。

「久しぶりにそんな立派なカメラのレンズを向けられて、なんだか懐《なつ》かしい気分になってしまったわ。ねえ、もっと撮ってくれるかしら？」

脚を組んだまま、背もたれに寄りかかってポーズを取る英理香。

「いや……あの、本当に僕が、英理香さんのお嬢さんの写真を？　だって、身内でもないのに……。旦那さんに撮ってもらうんじゃ駄目なんですか？」

英理香は肩をすくめた。「それができれば一番なのよ。けれどねぇ」

国際線のパイロットをしているという英理香の夫は、勤務スケジュールがシフト制で、土日だからといって必ず休めるとは限らないという。

運動会の日程は、来月の最終週の土曜日と決まっているので、休みの希望は出している――が、あまり当てにはできないそうだ。

今はどこもパイロット不足で、航空会社によっては、運航便の数を減らさなければならないほどだという。そのためシフト繰りは難しく、休みの希望がまったく通らないことも珍しくないらしい。

「でも、運動会の日に旦那さんが休める可能性がないわけじゃないんですね？」

「まあ、そうね。そうなったら夫が喜んでカメラマン役になると思うわ。けれど、もし勤務日が運動会と重なったら、そのときは頼んだわよ」

「……はぁ、わかりました」

気は進まないが、太一が例の喫茶店に通う限り、常連客の英理香とも顔を合わせることになるだろう。下手《へた》に機嫌を損ねて、店での居心地が悪くなるくらいなら、カメラマン役を引き受けることもやむを得なかった。

そう、太一には、その喫茶店にどうしても通いたい理由があったのである。

「ふふっ、ありがとう」

英理香は脚を組み替えると、太一を促《うなが》した。「さあ、それはそれとして、今は私の写真を撮ってちょうだい。今度は、そうね、もっと近くから撮ってくれるかしら？」

「はぁ……近くからですか」

太一は、言われたとおりに彼女のすぐそばまで寄り、再びカメラを構える。

間近からレンズを向けると、英理香の身体の様々なパーツが、液晶画面の中に切り取られた。太一は未だ童貞で、至近距離で女性を眺めるような度胸もなかったが、カメラ越しになら気恥ずかしい気持ちも薄れる。

（……英理香さんって、ほんとエロい格好が好きだよな）

いつも喫茶店で見かける英理香の服装もセクシーだが、今日はそれに輪をかけて扇情的だった。薄手のニットワンピースが身体に張りつき、女性的なラインをありありと浮かび上がらせている。

ネックラインが大きく開いたオフショルダーのおかげで、すらりと長い首筋から肩へのなめらかなカーブや、鎖骨《さこつ》の繊細な凹凸が露《あら》わになっていた。

そして、なにより太一の視線を引きつけたのは――やはり胸の膨《ふく》らみ。

巨乳というには一歩及ばないが、なかなかの大きさである。形の良い丸みが、等高線の如きニットの縦ラインで見事に強調されている。

（ああ、ヤバイ……触ってみたい）

もちろん本当に触るわけにはいかないので、湧き上がる衝動を発散させるようにシャッターボタンを押しまくった。

また、ニットワンピースはスカート部分の裾も短く、肉づきのいい太腿《ふともも》が八割近く露出している。

太一は膝をつき、官能的な美脚をローアングルから写した。すると不意に英理香は脚を組み替える。閉じていた股ぐらが一瞬開き、スカートの奥、太腿のかなりきわどいところまでフレームに収めてしまう。

チラッと、ニットワンピースとは違う黒い布が見えたような――。

「わっ……あ、あの、すいませんっ」

だが、英理香は怒ったりせず、むしろ微笑を浮かべていた。その頬《ほお》は、微《かす》かに赤く色づいているように見えた。

なにも言わずに、唐突に英理香はソファーから立ち上がる。

次の瞬間、太一は唖然《あぜん》とした。英理香がニットワンピースの裾をめくり上げ、パンティをさらけ出したのだ。細かい刺繍《ししゅう》で飾られた黒のパンティだった。

（なっ……えっ……!?）

太一が我に返る前に、英理香はニットワンピースを頭から抜き取ってしまう。躊躇《ためら》うことなくキャミソールも脱ぎ捨て、ブラジャーとパンティだけの格好となった。

ブラジャーは、パンティとお揃いの黒――。

再びソファーに腰を下ろして、英理香は猫撫で声で言った。「さあ、太一、続けてちょうだい」

「い……いや、まずいでしょう……！」

やっとの思いで声を出し、太一はブンブンと首を振る。

「なにがまずいの？」と、英理香は楽しそうに尋ねてきた。「ああ……大丈夫よ、ここ二十三階だから、外から覗《のぞ》かれる心配はないわ」

「そ、そういうことじゃなくて……あの、お、お嬢さんは……？」

「あの子は、お友達と近所のプールに行ってるわ。いつも閉園時間までたっぷり遊んでくるから、まだしばらくは帰ってこないわよ」

だから、さあ――と、英理香に強く促される。

太一はおずおずと彼女にレンズを向けた。透き通った白い肌に、アダルトな黒の下着がよく映えていた。

あられもない姿の美女と二人っきりという状況に、かつてないほど緊張する。

だが、一枚、二枚と写真を撮るうち、次第に身体の震えは収まっていった。代わりに牡《おす》の興奮が高まっていく。

（僕の倍以上の年齢なのに、こんなに綺麗だなんて……）

元より太一は、同じ年頃の娘よりも年上の女性に惹かれる質《たち》ではあるが、それを抜きにしても英理香の下着姿は魅惑的だった。

出産経験のある四十歳の女の身体とはとても思えない。引き締まった肉がほどよく女体をデコレートしつつ、ウエストや、足首といった、くびれるべきところはまるで職人がろくろで形作ったかのようにくびれている。あらゆる部分が芸術的な曲線美を表していた。

英理香はポーズを変え、艶《なま》めかしく身をくねらせてソファーに横臥《おうが》する。

太一は、くっきりと刻まれた胸の谷間や、張り詰めた太腿を写真に収めた。

背もたれ側に回り込んで、尻たぶのキュッと持ち上がった美臀《びじり》を、レンズ越しの視線で舐《な》め回す。男とはまるで違う、女ならではのボリュームとまろやかさ。陰茎の疼《うず》きを覚えながら、太一はシャッター音を鳴り響かせた。

そして、またソファーの正面に戻ると、

（さすがに怒られるかな……？　でも、撮れって言ったのは英理香さんだし）

思い切って、二本の太腿の狭間《はざま》を液晶画面の中央に捉える。

そっとレンズを伸ばしてズームし、丸みを帯びた女の股間にピントを合わせた。刺繡の凹凸や、微かに刻まれた縦筋がくっきりと解像される。

ドキドキしながらシャッターを切ろうとしたとき——

「ねえ、太一」

「あっ、すす、すいませんっ！」

太一はビクッと跳び上がった。それを見て、英理香はクスッと笑う。

「なにを謝っているのよ。ねえ……私の身体、綺麗だと思うかしら？」

「えっ？　は、はい、もちろん」太一はコクコクと頷《うなず》いた。「その……正直、驚きました。やっぱり、普段からエクササイズとかしてるんですか？」

英理香は美貌をほころばせる。そして、

「ええ、このマンション、住居者専用のフィットネスジムがあるのよ。なるべく毎日通うようにしているわ。でもね……」

「でも……？」

「最近はちょっとモチベーションが落ちているの。私ももう四十だから、どれだけ頑張っても、昔と同じ体型を維持するのは難しくなってきたのよ」

物憂げに溜め息をこぼすと、英理香はソファーの上で上体を起こした。

「私ね、この身体が綺麗なうちに写真に残しておきたいの」

そう言うや、両手を背中に回す。

次の瞬間、ホックを外して、するりとブラジャーを外した。丸々とした膨らみが、ツンと上を向いた突起が露わとなる。

(うわっ、オ、オッパイだっ)

太一が目を丸くしている間に、英理香はパンティにも手をかけ、スルスルと太腿に滑らせていった。両足から抜き取ると、ブラジャーと一緒にソファーの隅《すみ》に置く。

「……さあ、私のすべてを撮ってちょうだい」

紛《まご》うことなき全裸となって、またソファーに腰を下ろした。

女性の乳房を直《じか》に見たのはこれが初めてだった。太一は頭が真っ白になる。

ブラジャーの支えを失っても、ほとんど変わらない美しいバストライン。そして、十代のように鮮やかなピンクの乳首。

思わずカメラを落としそうになり、慌ててしっかりと持ち直した。

「いや……あ、あの……ぼ、僕でいいんですか？　そんな大事な写真だったら、プロの写真家に頼んだりした方が……」

「そのうちプロの人にお願いするかもしれないけれど、今はあなたに撮ってほしいの。だって――」

英理香は後ろに上半身を倒して、背もたれに頭と肩を預けた。

「今の私は、物凄くエッチな写真を撮ってほしいんだもの」

ぴったり閉じていた両膝が、ゆっくりと開いていく。

左右の太腿の狭間に、女の秘部が現れた。綺麗な逆三角形にトリムされた草叢《くさむら》が茂る恥丘――その下にある割れ目では、肉の花弁が収まりきれず、外側まではみ出している。

先ほどカメラを持ち直していなかったら、今度こそ落としてしまっていただろう。

それほどに太一は我を忘れ、初めての生《なま》の女性器に目を奪われた。

（オ、オ……オマ×コ……！）

四十歳とは思えないプロポーションの持ち主である英理香だが、ここだけは年相応の人妻らしく、たっぷりと使い込まれた印象である。大振りのラビアは濃く色づき、無数の皺が寄って、くねくねとよじれていた。

「ふふっ、女のここを見るのは初めてかしら？」

英理香は淫《みだ》らな微笑を浮かべると、両手の指で花弁の端をつまんで左右に広げる。褐色の肉ビラは、太一の想像以上に伸縮性に富んでいて、卑猥《ひわい》な大輪の花を咲かせた。花弁は、ヌラヌラと濡れて妖しく光っている。

そしてその奥に――歪《いびつ》な形の小さな穴があった。

「さあ、太一、撮ってちょうだい。もっと近づいて……もっとよ」

「は……はいっ」

太一は、英理香の股ぐらの間にひざまずく。もはや女陰から一瞬たりとも目が離せず、カメラを構えるや、すかさずレンズを向けて液晶画面に女の中心を映し出す。

(こうして見ると、わりとグロテスクだな。ヌルヌルしてるし、内臓って感じだ)

だが、それがいい。神が作り上げたような完璧なプロポーションのなかで、そこだけが卑猥すぎる有様を呈している。そのギャップがなおさら劣情を誘った。

仄《ほの》かに漂《ただよ》う潮《しお》の香りも、ネットのエロ画像にはない生々しさで牡の本能を刺激する。

太一はゴクリと唾《つば》を飲み込んだ。喉《のど》が渇《かわ》くのはエアコンのせいだけではない。

シャッターボタンを半押ししてピントを合わせる。そのとき、肉の穴がキュッと窄《すぼ》まり、そしてまた開いた。すると穴の奥から透明な液体がトロリと溢れ出る。

(う、うおおっ)

太一の目は釘付けになる。英理香が、恥じらいつつも楽しげな声を上げて腰をくねらせた。

「あぅん、レンズのせいでエッチなお汁が止まらないわ。私、昔からこうなの」

イベントコンパニオンの仕事をしていたときも、来場客たちのカメラに囲まれては、レンズの視線に興奮して秘裂を潤《うる》ませていたそうだ。衣装に染みを作らないよう、生理用ナプキンを使わなければならないほどだったという。

太一がシャッターボタンを押すのも忘れて見入っていると、紅潮した頬を緩《ゆる》ませて英理香が囁いた。

「ねえ、太一……指、入れてみる？」

「……えっ？」

「嫌ならいいのよ」

「え……あの……い、嫌じゃないですっ」

初めて女の陰部に触れるチャンスである。戸惑っている場合ではなかった。カメラを床に置いて、英理香の股ぐらにさらににじり寄る。

痛いくらい暴れる心臓。恐る恐る、震える人差し指をクレヴァスの一番深いところにあてがった。英理香は微笑んでいる。太一は思い切って指を押し進めた。

ジュブッ……ズブズブ、ズブッ。

指先が、思いも寄らぬほどの熱い肉に包まれる。たっぷりの蜜をたたえた穴は、指の一本などたやすく呑み込んでいった。

（あ、あ、気持ちいいっ）

ただの指を挿入しているだけで、なんとも心地良い感覚が込み上げてくる。

いつしかすっかり充血していたペニスが、ズボンの中で大きく脈打った。その拍子に多量のカウパー腺液が噴き出す。太一は「ううっ」と呻《うめ》いた。

パンパンに張り詰めた股間のテントを見て、英理香が甘ったるい声で尋ねてくる。

指じゃなくて、オチ×チンを入れてみたい？　と。

童貞の太一には、いわずもがな、セックスに強い憧れがあった。だが、未知の行為には不安もある。いざセックスを誘われれば、その不安はなおさら膨れ上がった。

しかし、結局は性欲と好奇心が勝った。なによりこんなラッキーは二度とないかもしれない。これを棒に振ったら、きっと後悔するだろう。

「い……入れてみたいです……！」

英理香は満足顔で頷いた。「いいわ。じゃあ、あなたも裸になりなさい」

「は、はいっ」

名残惜《なごりお》しさを覚えつつも蜜穴から指を抜き、太一はすぐさまTシャツを脱ぎ捨てた。ズボンとパンツをまとめてずり下ろし、両足から引き抜く。靴下も脱いで、わずか十秒足らずで全裸となった。

案の定、ペニスは完全勃起状態。下腹に張りつきそうな勢いで反《そ》り返っている。それまで余裕をうかがわせる表情だった英理香が、若勃起を見るや、ソファーから腰を浮かさんばかりに身を乗り出した。

「まあ……!?　す、凄いのね」

驚くのも無理はない。今や太一の陰茎は、十八センチ近くもある肉の鈍器と化していたのだから。

(おお……チ×ポがこんなに大きくなったのは初めてだ)

太一も目を見張った。今日はいつもよりもさらに大きく怒張している。初めてのセックスを目前にして、我がイチモツも猛《たけ》っているようである。

英理香の前に立つと、彼女は爛々《らんらん》と目を輝かせて手を伸ばしてきた。

ほっそりした指が肉棒に絡《から》みつき、手筒で軽くしごかれる。

「大きいうえに、こんなに硬いなんて……まるで鉄みたい」

「あっ、ううう」

太一自身、毎夜の如くしている行為だが、女の手で施《ほどこ》される摩擦愛撫《まさつあいぶ》は、自分でするのとは桁違いの愉悦《ゆえつ》をもたらした。たまらず腰が震え、新たな先走り汁が鈴口から溢れ出る。

「あらあら……ふふふっ、これじゃあ、入れた途端《とたん》にイッちゃいそうね」

「す、すいません……」

恥ずかしさに顔がジンジンと熱くなった。一方の英理香は、バナナの如く反り返った肉棒に鼻面《はなづら》を寄せ、うっとりと目を細くする。

「これが若い子のオチ×チンの匂い……。とっても……んはぁ、いいわぁ」

昨夜も寝苦しい夜だった。こんなことになるとは思っていなかったので、起きてからシャワーも浴びてもいない。それなりに匂うはずのペニスに、英理香はとうとう鼻先をくっつけ、すっきりした小鼻をプクプクと膨らませた。

タワーマンションの豪勢な一室に住む美人マダムが、自分の汚れた陰茎の匂いに嗅ぎ惚れている――太一はますます興奮し、セキレイの尾のように屹立《きつりつ》を痙攣《けいれん》させる。

カウパー腺液がまた溢れた。すると英理香は亀頭に口元を寄せ、ペロッと玉の液体を舐め取る。それを皮切りにまずは亀頭を、そして肉竿の根元からペロリ、ペロリと舐め始めた。

「えっ……ちょっ、英理香さんっ!?」

「ん、れろ、れろっ……とりあえず一回出しちゃいなさい。そうすれば、本番ですぐにイッちゃったりしないでしょう？」

青筋を浮かべた幹を舌が這い上り、急所である裏筋を丹念に舐め擦《こす》る。弾《はじ》けんばかりに張り詰めた亀頭へ唾液《だえき》を塗りたくると、顔が映り込みそうなほどテカテカになった粘膜に、英理香はそっと息を吹きかけた。ひんやりする感覚に屹立がヒクヒクッと震える。

「くううっ」

太一が呻き声を漏《も》らすと、英理香は楽しげに口角《こうかく》を吊り上げた。

そして天を衝《つ》くイチモツをちょうどいい角度まで握り下ろし、朱唇を開いてゆっくりと、セレブなマダムらしい上品な仕草で咥《くわ》え込む。

「ふむむっ……ん、んん……ちゅむ、じゅぷ」

若勃起の並外れた太さに戸惑いつつも、英理香は朱唇をキュッと締めつけ、緩やかに首を振り始めた。

(あぁっ……こ、これがフェラチオ……！)

無論、生まれて初めての体験である。これまでＡＶなどを観て、セックスと同じくらいに憧れてきた行為であるが、その愉悦は想像以上だった。

口内の温かさ、唇の柔らかさ、そしてなめらかな摩擦感は、手淫などでは決して得られぬ感覚。そして唾液にぬめる舌がペニスの裏側に張りつき、甘やかに、撫でるように往復する。

巨砲を咥えきれない英理香は、ペニスの上から三分の一辺りまでの間でストロークした。雁首《かりくび》は特に念入りにしごかれ、太一はたまらず奥歯を噛《か》み締める。

（ヤ……ヤバイ……もう、出ちゃいそうだ……！）

肉体的な愉悦だけではない。美しい女の口に排泄《はいせつ》器官が出入りしている——という背徳的な光景も、視覚的に男の官能を煽《あお》り立てた。ときおり上目遣《づか》いで、どう？ 気持ちいいでしょう？ と言わんばかりの視線を飛ばしてくるのもたまらない。

咥えられてからものの二、三分で、射精感はあれよあれよと高まり、ついに限界間近となる。

「え、英理香さん……あのっ……で、出る、出ちゃいます……！」

肛門を締め上げて堪《こら》えながら、太一は懸命に呼びかけた。カクカクと膝が笑う。

だが、英理香は口撃を緩めず、なおもペニスをしゃぶり立てた。

そのうえ、ただ肉竿を握っていただけの手筒が、手首のスナップを利かせた優雅なストロークで根元をしごきだす。ペニスのすべてが快美感に包まれる。

「ちょ、おおっ……このままじゃ……だ、出しちゃっていいんですか!?」

英理香は答えず、代わりに淫らな水音が、チュプチュプ、ヌチュヌチュと鳴り響いた。その音も太一を絶頂へと追い立てる。

（も、もう無理だ。どうなっても知らないぞっ）

肉棒が芯から燃えるように熱くなり、もはや我慢の限界を超えた。

次の瞬間、抑《おさ》えようもなく腰が痙攣し、鈴口からザーメンが一気に噴き出す。

大量だった。その分、快感も大きかった。しかも一度で終わらず、二度、三度と、英理香の口の中に白濁液《はくだくえき》をぶちまけてしまう。

「はっ……くうっ……あっ……あぁっ……！」

悲鳴にも似た声を上げ、太一は人生初の口内射精にしばし我を忘れた。

水鉄砲の如き勢いのザーメンに、英理香は少しの間目を白黒させていた。が、やがてはゴクリ、ゴクリと喉を鳴らし、口いっぱいに溜まったザーメンを飲み始める。

太一は唖然とした。飲精などAVの世界のことか、風俗嬢のサービスだけだと思っていた。驚きと共に罪悪感が込み上げる。

しかし、背徳の悦《よろこ》びがすぐにそれらを塗り潰した。

(お金持ちで、上品で、こんなに美人なのに……そんな人が僕の精液を飲んでいる)

かつてない興奮に身を委《ゆだ》ね、彼女の口に最後まで牡のエキスを注《そそ》ぎ込んだ。

2

すべてのザーメンを飲み干すと、英理香はゆっくりと肉棒を吐き出した。

「ふぅ……物凄い量だったわね。それに味も濃厚だったわ。青臭さが少しあったけれど、そこがまた癖になりそうよ」

「はぁ、あの……ど、どうも、ありがとうございます」

「え？　ふふふっ、いいのよ別に、お礼なんて。私が飲みたくて飲んだのだから」

「いや、その、飲んでくれたことだけじゃなくて……僕、口でしてもらったの、初めてだったので」

「ああ、そうだったの、ふぅん」

初めてだったと聞くや、英理香はなんとも嬉しそうに笑みを浮かべた。

それから——大量射精の後にもかかわらず、少しも萎《な》えていないイチモツを惚れ惚れと眺め、感嘆の声で呟く。

「それにしても、さすがに若いわねぇ。うちの夫とは大違いだわ」

「そ、そうなんですか……」

夫という言葉を聞いて、今さらながら太一の胸中に不安が湧き上がった。

（このまま英理香さんとセックスしたら、それってやっぱり不倫だよな……）

さっきまでは初体験をしたい気持ちでいっぱいだったが、いったん射精をしたせいか、頭の中に賢者が現れた。不倫は悪いことだぞ、バレたら大変だぞと囁いてくる。

そんな不安が顔に出たのだろう。英理香は苦笑いを浮かべて言った。

「ごめんなさい、夫の話なんかして。心配しなくても大丈夫よ。うちの人とはちゃんと約束をしているから」

「約束、ですか……？」

「ええ、お互いに誰とセックスをしても構わないという約束なの」

英理香の夫は〝性欲と愛情は別物〟という考えの持ち主で、夫婦の愛がある限り、性欲がパートナー以外に向いてもいいと思っているという。

それは自分が浮気をするためだけの言い訳ではなく、「俺を愛し続けてくれるなら、他の誰と遊んでもいい」と、彼は英理香に言ったそうだ。

「だから全然問題ないの。安心して私を抱いていいのよ」

「は、はぁ……」

太一には少々信じがたい話だった。妻がよその男と寝ても構わないという男が、果たして本当にいるものだろうか？　セレブの人間は、自分のような凡人とは考え方がまるで違うのか？

「……なぁに、まだなにか気になるのかしら？」

太一の生返事に、英理香は眉根を寄せる。「もしかして……やっぱり初めての相手は別の人がいいとか思っているの？　たとえば、佐和子《さわこ》さんとか」

「な、なんで佐和子さんなんですかっ？」

ドキッとして、思わず声が上擦《うわず》る太一。

太一と英理香は、毎日のようにある喫茶店に通っている。佐和子とは、その喫茶店の店主のことだった。

「べ、別に佐和子さんは関係ありません」

「あらそう。まぁともかく、ここまで来たら覚悟を決めなさい。女に恥をかかせるものじゃないわ」

英理香は再びペニスを握り、根本からしごき上げて尿道内の残り汁を搾《しぼ》り出す。鈴口に吸いつき、頬を窪《くぼ》ませてチュウチュウとすすった。

たまらず太一は腰を震わせる。濡れ光る英理香の朱唇が、淫らな笑みを作った。そして彼女の手が、唾液を塗り広げるようにペニスの幹を擦ってくる。

「ふふっ、カッチカチね。ほぅら、ほら、オチ×チンはもっともっと気持ち良くなりたいって言ってるわよ？　さあ」

「くううっ……は、はい」

今度は太一がソファーに座らされた。頭の中の賢者は消え去り、初セックスへの期待感のみが心を支配する。英理香がソファーの座面に登り、太一の腰をまたぐのを、生唾を飲んでただ見守っていた。

英理香は中腰の姿勢で美脚を開き、がに股になって腰を下ろす。片手で肉棒を握り起こすと、もう片方の手は女陰にあてがい、V字の二本指で器用に花弁をめくり広げた。

「よく見ていなさい、太一……ほら、入るわよぉ」

ペニスが女陰に触れる。ヌチャッと、亀頭が窪みに嵌《は》まった感覚。蕩《とろ》けるような女肉の感触に、太一はそれだけで愉悦を覚える。

だが、いざ先端が膣口を潜《くぐ》れば、比較にならぬ快美感がペニスを包み込んだ。

熱い蜜肉が絡みついてきて、甘やかに亀頭粘膜を擦る。ズルリ、ズルリと。

「あっ……く、ううっ」

太一は息が詰まりそうだった。英理香の腰が沈むたび、心地良い摩擦感が肉棒をさらに侵食していく。

先ほど、すでに人差し指でこの穴を体験していたわけだが、実際にペニスで感じる膣肉の感触は、太一の想像を遥かに超えていた。亀頭に次いで雁首も擦られる。そして幹も秘口に呑み込まれていく。根元まで——。

複雑に折り重なった肉襞《にくひだ》を掻き分け、ついに亀頭が肉路の終点にぶつかった。

それでもなお英理香は腰を落とし、亀頭はグリグリッと膣底にめり込み、とうとう美臀が太一の太腿に着座する。

対面座位での結合。十八センチ近くもある巨砲が、女の股の中にすっぽりと隠れてしまった。

「あ、ううん、入ったわ……はあぁ、奥にしっかり当たってるぅ」

内臓を圧迫されても、英理香は苦しむどころか、首を仰《の》け反《ぞ》らせて喜悦の声を上げる。一方の太一は、

「はぁ、はぁ、ふうぅ……」

やっと挿入が終わったかと、ようやく息をつくことができた。

ついさっきの、口愛撫による射精がなかったら、今この瞬間にもザーメンを漏らしてしまっていただろう。

だが、当然のことながら、セックスはここからが本番。童貞卒業の感慨《かんがい》に耽《ふけ》る暇《いとま》もなく、彼女の腰が上下に動き始めた。

「最初は、ゆっくり動くわね……あ、あぁん……凄く、いいオチ×チンだわぁ……はうぅ、くうぅぅん……」

英理香が太一の肩をつかみ、少しずつピストンを速めていく。

彼女が嬌声を上げるたび、肩をつかむ手にグッ、ググッと力が籠《こ》もった。

(英理香さん、感じてるんだ……。でも、あぁっ)

おそらくは、自分の方が強烈な摩擦快感に襲われていることだろう。裏筋が断続的に引《ひ》き攣《つ》り、早くもザーメン混じりの先走り汁をちびらせる。

それほど英理香の中は気持ち良かった。気位《きぐらい》が高く、怒らせると怖そうな彼女だが、それとは裏腹に、膣穴の嵌め心地はなんとも優しげなのだ。

膣壁が柔らかに伸縮し、母親が我が子を抱擁するかのように包み込んでくる。ペニスの隅から隅まで、雁首の凹凸にすら隙間なく、襞肉が吸いついてくる。

亀頭が、雁首が、裏筋が、幹が――すべて同時に、濡れた媚肉《びにく》で撫で擦られた。

「おうっ……くっ……セックスって、す、凄いです……あ、あっ」

「ふ、ふふっ、気持ちいいのね、嬉しいわ……それじゃあ、もっと頑張っちゃおうかしら……ふっ、んんっ、ふうっ」

息を弾ませ、英理香はさらに女体を躍らせる。ソファーのスプリングが、いかにも高級そうに、上品に軋《きし》む。

「ああっ、英理香さん、そんなにされたらっ……！」

みるみる射精感が高まっていった。このままでは、あと数分で本日二発目のザーメンを吐き出してしまうに違いない。

（せっかくの初体験なんだ。もう少し、長く……）

目の前には、あの美乳があった。淫らな屈伸運動に合わせて、タプタプと小気味良く揺れている。

まだこの乳房に触れてもいないことを太一は思い出した。

「あの……オ、オッパイ、触っても……いいですか？」

「ええ、もちろん……揉《も》んでも舐めても、太一の好きなようにしていいのよ」

太一は早速、揺れる双乳に両手を伸ばし、掌いっぱいに乳房をつかむ。手から若干はみ出す程度の、なんとも揉みやすそうなサイズの膨らみ。

そっと指に力を入れると——柔らかい。それでいて、しこしことした弾力もあった。指を弾き返してくる感触が心地良い。

しかも指の感覚に意識が向いたおかげか、射精感がわずかに紛《まぎ》れていった。

（……いいぞ、これなら少しはセックスを長引かせられる）

下乳をすくい上げたり、左右から真ん中に寄せるようにしたり。心を込めて乳肉をこねていると、英理香が慈愛《じあい》の表情を浮かべる。

「ふふっ……まるで粘土遊びに夢中になっている子供みたい。オッパイを揉んでる男の人って可愛いわぁ」

「そ、そう、ですか……は、はは」

幼稚園児扱《あつか》いされて、太一は急に恥ずかしくなった。

乳房から手を離そうとすると、英理香がそれを止める。

「ごめんなさい、気を悪くしたかしら。いいのよ、やめなくて。それに……ね、揉む以外のこともしてほしいの」

「も、揉む以外、ですか」

「そうよ、お口で……あはぁん、お願い、赤ちゃんみたいに、私の乳首をチュッチュッて吸ってぇ」

背中を反らして、英理香が双乳を突き出してくる。乳肌から立ち上る石鹸の香り。太一が来る前にシャワーでも浴びたのだろうか。もしかしたら英理香は、最初から太一とこうなるつもりだったのか。今となってはどうでもいいことだが――。

美しい膨らみが、その頂点にあるピンクの突起が、太一の鼻先で揺れた。

男の本能で、思わずパクッと食いつく。言われたとおりに突起を吸うと、英理香は腰をくねらせて悶えた。

「あ、あうぅん、好き、好きなの、それっ……ねえ、もっとして……吸って、舐めて……！」

「むぐ……ちゅっ、ちゅちゅちゅうぅ……はむっ、れろれろっ」

吸って、吸って、乳輪ごと咥え込み、舌先で舐め上げる。すると突起の感触がコリコリしたものに変わっていった。

(英理香さんの乳首、勃起してる……！)

ペニスと同じように、感じて、興奮して、充血したのである。

その事実に官能を揺さぶられ、太一は猛烈に舌を躍らせた。掌《てのひら》で乳房を揉むのも忘れず、舐め転がして、吸引して、さらには軽く歯を立ててみる。

「あぁーっ、いい、ジンジンするわぁ」英理香は長い黒髪を振り乱した。「た、太一、もっと強く噛んでもいいのよ。うちの子に授乳していたときは、乳首がちぎれちゃいそうなくらい噛みつかれたこともあったんだから」

太一は要望どおりに、やや強気で前歯を乳首に食い込ませる。

「あ、あっ、そう、そうよっ、んおおおぅ」

それに呼応して、英理香の嵌め腰はさらに過激なものとなった。太一の太腿に女尻を叩きつけ、バウンドさせ、恥蜜を撒《ま》き散らしながら肉壺でペニスをしゃぶり倒す。真空パックの如く包み込み、擦り立ててくる。

「あ、ああああっ、ダメです、英理香さん、で、出るぅ！」

抑え込んでいた射精感が一気に膨れ上がり、もはや堪えようがなかった。

「いいわ、いつでも……おお、思いっ切り出しちゃいなさいッ」

肉杭を自ら膣底に打ちつけ、英理香も吠える。タプッタプッと上下に躍動する美乳。彼女の美貌は汗に濡れ、鼻先や顎からしずくが飛び散った。

「ううっ、イクッ……う、うおおッ!!」

断末魔の雄叫《おたけ》びを上げ、太一は果てる。再び多量のザーメンを噴射した。

初めての膣内射精。それはオナニーでは、白濁液を自らティッシュで受け止める行為では決して得られぬ快感をもたらす。実に解放的なフィニッシュだ。

そのうえ相手は人妻である。禁忌を犯して得た絶頂感はことさら刺激的だった。

「ああんっ、出てる、奥に、凄いわ、ビュウビュウ当たってるっ……ん、んんっ」

ピストンを止めた英理香。ザーメンを注ぎ込まれる感覚に、彼女もまた愉悦を覚えているようである。眉間に皺を寄せた艶めかしい表情で、ピクッピクッと女腰を戦慄《わなな》かせている。

やがて太一は、射精の発作が治まるや、ぐったりと背もたれに倒れ込んだ。

（気持ち良かった……けど、オナニーの何倍も疲れた……）

そんな太一をねぎらうように、英理香がよしよしと頭を撫でてくれる。

「童貞卒業ね、お疲れ様」

太一の顔を真っ直《ま》ぐ《す》に見つめて、英理香は言った。

「私が初めての女よ。一生忘れたら駄目よ」

「わ……忘れませんよ」

十九年の人生で、間違いなく最高の体験、最高のオルガスムスだった。忘れるはずがない。

ただ、残念な点がないわけでもなかった。「あの……すいません、僕だけ先にイッちゃって。滅茶苦茶気持ち良かったので、つい……」

「いいのよ、そんなこと。若い子はだいたいそういうものよ。オチ×チンがまだ敏感なのよね？　ふふっ、うふぅん」

そう言って英理香は、太一にまたがったまま腰をくねらせる。

未だペニスは女壺に嵌まったままで、行き止まりの膣肉を亀頭がグリッと抉《えぐ》った。

「あぅん……本当に若いわね。あんなに出したのに、まだこんなに硬いわ」

立て続けの射精を経て、なお、太一の男根は反り返り、力感をみなぎらせている。

「ねえ、一日に何回、オナニーしているのかしら？」

「……えっ？」

「こんなに元気だったら、自分でシコシコして抜かないと夜も眠れないでしょう？　毎日一回はしているわよね？」

興味津々《しんしん》に尋ねてくる英理香。太一は首を振って否定した。

「ま、毎日はしてないですよ。それに、多い日でも二回くらいで……」

嘘だった。英理香の言うとおり、一日一度は必ずしている。一人暮らしを始めて、親が突然自室に入ってくる危険もなくなったので、高校時代より明らかに回数は増えていた。多ければ日に四回することもある。さすがに連続ではないが。

「あら、二回で満足なの？　ふぅん……じゃあ、今日はもう充分？」

英理香は身を乗り出し、魅惑のカーブを誇る双乳を、太一の顔の前に突き出してきた。

「え……あ、あの……むぐっ」

太一の顔面が、乳房の谷間にすっぽりと埋められる。英理香の手が肉房を持ち上げ、左右から太一の顔をギュッと挟みつけてきた。

「私としては、もう一回くらい頑張ってほしいんだけど……ねえ、どうかしら？　ふふっ、ほら、ほらぁ」

英理香が身体を揺らし、双乳が上下する。

張りのある肉房を頬に擦りつけられ、太一は声も出せなくなる。瞬《また》く間に、頭に血が上った。

(うわあぁ、柔らかい。それに、あぁ、いい匂い)

胸の谷間に籠もった女の体臭が鼻腔へ流れ込んでくる。石鹸の香りに混ざった、汗と脂《あぶら》の仄かなフレグランスは、フェロモンの如く牡の官能を揺さぶった。肉棒が、今ひとたびの快感を求めて、ビクッビクッと打ち震える。

彼女の胸元が顔から離れると同時に、太一は叫んだ。「し、したいです！　僕も、もう一回、英理香さんとセックス！」

するると英理香は吊り上がった目を細め、その美貌を淫らな笑みでいっぱいにする。

「ふふっ、頑張ってくれるのね。嬉しいわぁ」と言い、いったん繋《つな》がりを解いた。太一の横にずれて、ソファーの背もたれにしがみつくような格好で座面に膝をつく。

そして女豹《めひょう》の如く、クイッと尻を突き上げた。

「それじゃあ今度は太一が動いてちょうだい。私、後ろから突かれるのが好きなの」

豊かな尻の膨らみは実になめらかで、透き通るような色の白さもあり、まるで白磁のような美しさ。

だが、その谷間では、粘膜の割れ目がぱっくりと開き、毒々しい褐色の淫花が咲き誇っていた。花弁の奥から、泡混じりの白濁液が、ドロリ、ドロリと溢れ出る。

あまりの卑猥さに太一はたまらなくなり、鼻息を荒らげて彼女の尻の前に立った。

片手で彼女の腰をつかみ、もう片方の手で暴れるイチモツを握り込むと、粘液まみれの肉穴に亀頭をあてがう。

「そう、太一、そこよ。そのまま入ってきて」

「は……はいっ」

自ら挿入するのはこれが初めて。緊張しながら腰を押し進めた。

先ほどの対面座位よりも、後背位の方が挿入の瞬間をしっかりと眺められる。亀頭を押し込むと、驚くほどの伸縮性で膣穴は広がり、太一の太マラがいともたやすく呑み込まれた。

(やった、入った……！)

ズンッと膣底にめり込ませれば、背中を大きく反らして英理香が呻く。

「あうぅん……い、いいわ、始めて。太一の好きなように動いてみなさい」

はいっと返事をして、太一は早速腰を振り始めた。以前に観たＡＶの、男優の腰使いを脳裏に蘇《よみがえ》らせ、まずはゆっくりとストロークする。

ぎこちない抽送《ちゅうそう》でも手コキに充分勝《まさ》る心地良さだったが、次第にコツがつかめてくると、ピストンもなめらかになり、摩擦感はどんどん甘美さを増していった。

「く……ううっ……き、気持ちいいっ」

「あっ、あはぁん、いいわよ、なかなか上手じゃない……奥、奥を、ね、太一、もっと突いてちょうだい、強く、奥ううッ」

膣穴の最奥、子宮の入り口辺りを突かれるのが一番好きだと、英理香は言う。その部分にはポルチオという性感帯があり、女を最も狂わせる急所なのだそうだ。

「お、奥ですね、わかりましたっ」

しっかりと両手で彼女の腰をつかむと、ペニスの繰り出しに勢いをつけ、膣路の終点に肉の拳を叩きつける。

英理香は「ヒッ」と息を呑み、腰を震わせた。彼女の声に艶めかしい響きを感じ取った太一は、続けて肉棒を送り込み、奥の膣壁を小突き回す。

嵌めれば嵌めるほど、腰が動きに馴染んでいった。ストロークをややコンパクトにして、一定のリズムでズンッズンッズンッと子宮口を連打する。

「あーっ、いいわ、凄くイイッ！　その調子よ、それで、ね、もっと強く突いてっ」

「はいっ、こんな感じで……これくらいでも、大丈夫ですかっ？」

かなりの力を込めて膣底を抉っても、英理香はやめるように言わなかった。

「んおぉ……だ、大丈夫よ……うっ、ひいっ……あぁ、奥がジンジン痺《しび》れるぅ！」

呻き声に多少の苦悶を滲《にじ》ませていたが、それ以上の淫声を上げ、美腰を戦慄かせて、もっともっととけしかけてくる。

太一はピストンをさらに激しくした。腰とぶつかって波打つ艶尻《つやじり》。乳房と同じく弾力性に富んだ尻肉は極上のクッションで、太一の腰を跳ね返し、嵌め腰を介助してくれる。

広々としたリビングダイニングに、乾いた打擲音《ちょうちゃくおん》がパンッパンッパンッと響き渡った。加えて結合部からは、泥濘《ぬかるみ》を掻き混ぜるような抽送音も溢れ出す。吹きこぼれた女蜜がポタポタとソファーに滴《したた》り、二人を包む淫香がより濃厚になった。

「おうっ、おほうっ、こ、こんなに凄いの、久しぶりよぉ」

狼の遠吠えの如く、首を仰け反らせて英理香が叫ぶ。

「バックで荒々しく突かれると、無理矢理犯されているみたいで……うぐ、ううぅ、ゾ、ゾクゾクするわぁ！」

もしかしてレイプ願望でもあるのか？　と、太一は驚いた。

セレブのマダムにはふさわしくない嗜好《しこう》だと思う。が、普段は女王様然とした彼女だからこその、セックスのときだけは男に屈服してみたいという、倒錯した趣味なのかもしれない。

そういうことなら――と、太一はますます嵌め腰を荒ぶらせた。

しかし、ペニスはいわば諸刃《もろは》の刃。ピストンが加速すれば、当然のことながら太一の方にも、それに見合った肉悦が跳ね返ってくる。

二回の射精で多少は我慢が利いていたが、それもここまでだった。三度目の射精感が込み上げてくる。歯を食い縛ったところで、溢れる先走り汁は止められない。

「ご……ごめんなさい、英理香さん……僕、また……！」

　すると太一の無念を声から察したのか、背中をよじって英理香が振り返り、

「ううっ……ね、ねえ、太一……私を、イカせたい？」

　色っぽく濡れた眼差しで尋ねてきた。

「え……そ、それは……もちろん、はいっ、僕、英理香さんをイカせてみたいです……！」

　英理香は伏し目がちになり、躊躇うような、なにか考え込むような表情をした。

　しばらくして、口を開く。「……嫌なら、無理にしてくれなくてもいいのよ。でも、もし良かったら……」

「良かったら……？」

　言いづらそうに、英理香は呟いた。

「お……お尻の穴を、触ってくれるかしら……？」

「え？」

　思わず太一は腰を止める。言い訳をするように英理香は続けた。

「別に、指を入れろっていうんじゃないのよ。そうじゃなくて、穴の表面をそっと撫でてくれるだけで、私、その……とっても感じてしまうの」

　いつしか英理香の顔は真っ赤に染まっていた。

呆気《あっけ》に取られた太一だが、美熟女《びじゅくじょ》の恥じらう様子に、ムクムクと情欲が湧き上がった。生唾を飲み込むと、恐る恐る右手の親指を、臀丘の谷間の窄まりにあてがう。汚いとは、これっぽっちも思わなかった。

放射状の皺が刻まれた肉穴を、軽いタッチで一撫でする。途端に英理香の白尻が、電気ショックを受けたかのようにビクビクッと震える。

「んひっ……！　あ、あ、そうよ、そんな感じで……オチ×チンを動かしながら、触ってほしいの」

「……は、はい、わかりました」

太一はピストンを再開し、同時に親指の腹でアヌスをさすり始めた。

「はうっ……ひ、ひいっ……た、たまらないわ、膣奥と、お尻の穴ぁ……んん、んほおうっ！」

英理香の乱れ具合は激しさを増す。先ほどまでとは明らかに違った。悦びの嬌声からは、理性の響きが失われつつある。

最初はまさかと思った太一だが、

（本当に、お尻の穴で感じてるんだ……）

美しき有閑マダムが肛門をいじくられて悶える姿は、浅ましくも実に艶めかしかった。太一は男の劣情をたぎらせ、湧き上がる衝動のままに腰を叩きつける。

肛穴の縁《ふち》に沿って撫で回し、指の腹を押し当ててこね回した。濡れた背中に黒髪を張りつかせ、それでもなお髪を振り乱して悶え狂う英理香。

太一の胸中に嗜虐《しぎゃく》的な感情が溢れる。彼女を辱《はずかし》める言葉が勝手に口を衝く。

「英理香さんって、乱暴にされたがったり、お尻の穴で感じたり、まるで変態じゃないですか。こんなにイヤらしい人だとは、僕、思ってませんでした」

しかし、英理香は怒らなかった。それどころか甘ったるい媚声を返してくる。

「そ、そうなの……おほおっ、私、イヤらしい、スケべな……へ、変態なのぉ！　あ、あ、ううーっ、もっとお尻の穴いじって、オマ×コ突いてえぇ！」

言われるまでもなく、太一もそうしたかった。だが、限界はもう間近である。

最後の力を振り絞ってピストンしつつ、口の中で溜めた唾液を女尻に垂《た》らした。谷間に流れ落ちてアヌスの窪みに溜まる唾液──。

その唾液のぬめりで肛穴をヌチャヌチャと撫で擦る。さらには軽く爪を立て、甘やかに引っ掻いた。

「ン、ンヒイッ！　それ、いいわ、ああっ、お尻、コーモン、いいッ……イッちゃいそう！　もっとして、もっと、もっとおッ！」

キュキュッ、キュ－ーッと収縮する膣口。膣肉は火傷《やけど》しそうなほど熱くなり、多量の蜜を吸ってドロドロに蕩け、ペニスと一体化せんばかりに絡みついてくる。

その激悦に、太一の前立腺がとうとう決壊した。

あと少しで彼女も達しそうだったが、さすがにもう持たなかった。

「おお、おおっ、出るッ！　あっ、クウウーッ!!」

三度目とは思えない勢いでザーメンが噴き出す。尿道が灼《や》けるような熱い射精。腰が、膝が、そして全身がガクガクと打ち震えた。

その弾みに、肉の窄まりにあてがっていた親指が――ズブッと第一関節まで嵌まり込んでしまう。

膣口とは比較にならぬ力強さで、肛門が侵入者を締め上げてきた。英理香は、背骨が折れんばかりに仰け反り、耳をつんざく悲鳴で絶頂を告げる。

「ンホオォオッ！　おおお、イクッ、イグイグッ！　ふぐぅううッ!!」

すんなりと白い指が背もたれを鷲づかみし、丸く長い爪をギチギチと食い込ませた。

い、おこりにかかったかの如く女体が戦慄いた。

童貞を卒業したばかりの太一が、四十歳の熟れ女をついに果てさせたのである。

（やった……やったぞ……！）

アクメの快感に翻弄《ほんろう》され、三度の射精に力を使い果たし、太一はそう思うのがやっとだった。彼女の後ろの穴から指を抜こうと考えることもできなかった。

だが、仮に理性が残っていても、それは叶《かな》わなかっただろう。

オルガスムスの痙攣が治まるまで、英理香の肛門は万力《まんりき》の如く締まり続け、太一の親指は引くことも押すこともできなくなっていたのだから——。


英理香が力尽き、ソファーに崩れ落ちると、太一は親指とペニスを引き抜いて、彼女の隣に倒れ込んだ。

しばらく、二人の荒々しい呼吸の音だけが続く。

やがてゆっくりと英理香が動き、背もたれに背中を預けて、ソファーに腰かける体勢に戻った。

指を絡めるように太一の手を握り、汗まみれの火照《ほて》った美貌で微笑みかけてくる。

「ふぅ……ふふっ……こんなに気持ち良かったのは久しぶり……ううん、初めてかもしれないわ」

夫とセックスフリーの約束をしている英理香は、これまで出張ホストを呼んでみたり、繁華街に出向いて逆ナンしたりして、いろんな男と遊んできたという。

だが、夫と同じくらいに感じさせてくれた男はいなかった。

「私はね、乱暴なくらいにポルチオを揺さぶられるのが好きなの。それには、オチ×チンのサイズがそれなりじゃないと駄目なのよ」

英理香の夫はなかなかのイチモツを持っているという。それに慣れてしまったせいで、並のサイズのペニスでは、いくら激しくピストンされても、どうにも満足できないそうだ。

「その点、太一のオチ×チンは文句なしだったわ。私、夫より大きなオチ×チンを見たのは初めてよ」

また、大きいだけでなく、形も実に素晴らしいという。

「太一のオチ×チン、先の方が反っているでしょう。だから、正常位のときとバックのときで、当たるところが全然違うの。それも凄く良かったわ」

そのうえ若いだけあって、硬さはアラフィフの夫とは段違い。

英理香は七分勃《しちぶだ》ちのペニスを、愛撫を施せばもう一回くらいは頑張れそうな雰囲気の肉棒をじっと眺め、熱っぽく褒め讃えた。

男としてはなんとも嬉しい言葉である。太一は照れくささに顔を熱くしながら、ふと気になったことを尋ねた。

「こんなに気持ち良かったのは久しぶりって……じゃあ、旦那さんとは、最近はしてないんですか？」

英理香は笑ってかぶりを振る。「夫とは、娘が生まれてからは一度も」

夫曰《いわ》く、母親になった女に性欲を抱くことはできない――と。

「あの人は、ちょっとマザコンの気があるんだけど、そのせいなのかしらね。〝母親〟を神聖視しているところがあるのよ」

だから、母親になった英理香をとても大事にしてくれる。夫として、これまで以上に愛してくれている。

しかし性の対象としては――もう見てくれないのだそうだ。

「まあ……そんなのは建前で、本当は妻とのセックスに飽きちゃっただけかもしれないわね。あの人、新しいもの好きだから」

冗談めかす英理香の表情に、太一は微かな陰を感じた。

「……英理香さんみたいな綺麗な人とのセックスに飽きるなんて、僕には信じられないです」

「あら……ふふふっ、可愛いこと言っちゃって」

英理香が顔を近づけてくる。キスされる？　と思った。

だが、キスはキスでも、頬へのキスだった。柔らかな女の唇が、ほんの一瞬、軽く押し当てられる。チュッと音を立てる。

たとえ頬でも、キスはキス。太一にとって、初めてのキスだ。瞬く間に心臓は早鐘を打ち始める。顔どころか、全身がみるみる熱くなる。

目を丸くしている太一を見つめて、英理香はクスッと肩を揺らした。

少女のように小首を傾《かし》げ、甘い声で囁いてくる。

良かったら、また抱いてちょうだい——と。

第二章　濡れる若妻

1

その店の名前は喫茶クールベという。

太一は、一番奥のテーブル席でパンケーキを食べていた。これが今日の昼食だ。

(やっぱりサンドイッチにするべきだったか。パンケーキだけじゃ、昼飯って感じがしないんだよな……)

この喫茶店には、外に面した窓がない。出入り口のドアも木製で、明かり取りになるものは一つもなかった。間接照明の灯《あか》りだけが、柔らかな明るさで店内を包み込んでいる。

心が落ち着く、適度な仄暗《ほのぐら》さ。そのうえ外からの視線も遮《さえぎ》られているので、隠れ家的な雰囲気が感じられた。静かなジャズの調べも耳に心地良い。

八坪ほどのこぢんまりとした店内には、カウンターに六つの席があり、そして二人用のテーブル席が壁際に四つ並んでいた。

現在の時刻は、午後一時半を少し過ぎた辺り。太一の他に客の姿はない。

クールベは、この町の駅前商店街の大通りから一本路地に入ったところにある。商店街のほとんどの店が大通りに集まっており、そちらはなかなかに賑わっているが、路地の方まで足を踏み入れてくる者はわりと少ない。

ただ、近くに大学があり、隠れ家的な雰囲気に惹《ひ》かれた学生たちがやってきて、昔はそれなりに流行《はや》っていたそうである。

しかし、今から五年前に、その大学の目の前に有名カフェのチェーン店が出来てからは、すっかり学生たちも来なくなった。その代わり、近所の主婦たちが、いつしか憩《いこ》いの場にするようになったという。

太一が初めてこの店に来たのは、今から三か月ほど前のこと。

五月の春の嵐のなか、大学からの帰り道で強風に煽られ、ビニール傘が大破した。雨宿り先を探していたところ、大学の最寄り駅前の商店街の外れで、細い裏路地にクールベを発見したのである。

それ以来、水曜の定休日を除いて、ほぼ毎日通っている。大学が夏休みに入っても帰省しないのは、クールベに通うためだった。

この店の周囲にはハンバーガー、そば、牛丼、中華料理、洋食など、飲食店が揃っている。それらと競合しない経営方針なのか、クールベの食事のメニューはあまり充実していなかった。飲み物以外はほとんどスイーツ類。フードの欄にはパスタもなく、サンドイッチとピザトーストのみである。

食べ盛りの太一としては物足りないラインナップだ。しかも、学生に優しいリーズナブルな値段というわけでもなかった。それでもこの店に通う理由は――

「太一さん、これ、どうぞ」

その声の主は、クールベの店主である藤《ふじ》佐和子だった。

白の半袖ブラウスに、ブラウンのフレアスカート。そしてエプロン。わりとカジュアルな格好だが、その家庭的な感じがまた良い。

太一は、佐和子がテーブルに置いたハムエッグの皿に目を丸くした。

「え……こ、これは？」

「太一さん、毎日食べに来てくれるのは嬉しいですけど、栄養のことも考えないと駄目ですよ？」

透き通った甘い声が、そう言う。どうやらメニューにないハムエッグを、わざわざ自分のために作ってくれたようだ。しかもレタス付きである。

「……あ、ありがとうございます。あの、いくらでしょうか？」

「いいんですよ、お金は。サービスです」

佐和子はにっこりと微笑んだ。

まるで長年の友達に向けるような親しみの籠もった表情。そして彼女は、カウンターの奥の厨房に入っていった。

（佐和子さん、なんて優しいんだろう）

しとやかに揺れる三つ編みを、彼女の後ろ姿をうっとりしながら見送って、太一は溜め息をこぼす。

クールベに通う理由――それは、佐和子に一目惚れしたからに他ならなかった。

佐和子の年齢は、見た感じだと三十代の中頃と思われる。

わずかに垂れた二重《ふたえ》まぶたの瞳は、まつげも長く、とても印象的だ。

そしてプルンとした肉厚の朱唇は、官能的でありながら少女のように愛らしくもある。テレビで見かける人気女優にも引けを取らない、癒やし系の美人だった。

体つきは、全体的にふっくらとしていた。特に腰や尻といった女らしさを象徴する部分には、熟れた肉がたっぷりとボリュームを与えている。

いわずもがな、その胸元にも——。

カウンター側の壁には小さな窓があり、厨房でフライパンを洗っている佐和子の姿が垣間見えた。手が動けば、肩も揺れる。きっと今、エプロンの胸元の膨らみも、ゆさっ、ゆさっと揺れ動いていることだろう。

（歩くだけでもタプタプ揺れてるもんなぁ。何カップなんだろう。あの大きさだと、それこそHとかIとか……？）

艶めかしく豊麗《ほうれい》で、なおかつ母性的で——思わず甘えたくなるような、なんとも男心をくすぐるプロポーション。その身体は、太一と同じ年頃の娘たちがまだ持ち合わせていない大人の色香を上品に匂わせている。

昔から、どちらかといえば年上好みの太一であったが、これまではせいぜい四、五歳上の相手までしか、恋愛対象として意識していなかった。それが佐和子と出会ったことで、熟れた女の魅力に目覚め、ストライクゾーンが大幅に広がったのである。

それだけ佐和子との出会いは衝撃的だったのだが、彼女の容姿だけに心奪われ、ここまでのめり込んだわけではない。女神や菩薩《ぼさつ》の如き優しさも、彼女の大きな魅力だった。

初めてこの店を訪れた日、傘を壊してずぶ濡れになった太一を見るや、佐和子はすぐさまカウンターの奥からタオルを持ってきて、嫌な顔一つせずに甲斐甲斐しく拭《ふ》いてくれた。

冷えた身体に、彼女の淹《い》れたコーヒーが実に沁《し》みた。ちびちびと飲みながら待ってもなかなか雨脚は弱まらず、困っていると佐和子が傘を貸してくれた。

——いつでも、お好きなときに返しに来てください。

微笑みと共に発せられた、ソプラノの美しい声。それが甘やかに鼓膜を震わせた。

太一は、すっかり彼女の虜《とりこ》になっていた。

(だからって、お付き合いしたいとか、そんなことは考えてなかったけど……)

なにしろ佐和子は人妻なのだ。子供はおらず、夫は単身赴任中らしい。

彼女いない歴十九年、女友達の一人もいなかった太一に、不倫をしようなどという大それた考えは欠片《かけら》もなかった。

が、今は違う。人妻の英理香とセックスしたことで、不倫に対するハードルが大きく下がっていた。

(思い切って誘ってみたら、もしかして佐和子さんも、英理香さんみたいに……?)

いやいや、まさかと、太一は首を振る。

清純で真面目そうな佐和子が、不貞の誘いに乗るとは思えなかった。

頭から妄想を追いやり、再びパンケーキを口に運ぶ。長居をして迷惑な客だと思われたくはないが、できるだけ長く店にいて佐和子を眺めていたかったので、ゆっくりとパンケーキを味わい、ハムエッグを食べ終えた。

氷が溶けて少々薄くなったアイスコーヒーを一口すする。まだグラスに半分近く残っており、さて、これをあと何分かけて飲みきろうかと考えていたとき――ドアベルが鳴って、新しい客が現れる。

それは英理香だった。太一に気づいた彼女は、目が合った一瞬、妖しく微笑んだ。

昨日のセックスの記憶が生々しく蘇り、太一は頬を熱くしながら会釈する。

英理香は一人ではなく、もう一人の女性と一緒だった。

「こんにちわぁ、太一くん。君、ほんとに毎日来てるわねぇ」

「ど、どうも……」

栗色の髪のその女性にも挨拶《あいさつ》する。彼女の名前は日向《ひゅうが》美咲《みさき》といった。

英理香と美咲は、年は離れているが、子供が同じ学校の同じクラスで、いわゆるママ友関係だという。

以前に聞いた話では、美咲は確か二十八歳。いわゆるアラサーだが、そのわりにはかなり若々しく見えた。トップスはキャミソールのみで、露わになった肩や二の腕の肉づきはなんとも健康的である。

そして胸元の量感も充実していた。昨日、実物を眺めた英理香の乳房よりも格段に大きい。キャミソールの薄手の生地をパツパツに張り詰めさせている。

（佐和子さんほどではないけれど……おっきいよなぁ）

目のやり場に困り、うつむく太一。二人はカウンター席に腰かけた。

「ねえ、そんな隅っこの席にいないで、太一くんもこっちに来なさいよぉ」

明るい声で美咲が呼びかけてくる。彼女はとても人懐《ひとなつ》っこい性格のようで、初めて会った日からこの調子だった。いきなり「名前で呼んでもいいわよね？　太一くんもあたしのこと、名前で呼んでぇ」と言われた。

少々なれなれしいと思わないでもないが、その会話の流れで美咲だけでなく、佐和子や英理香のことも名前で呼ぶことになり、佐和子たちも太一のことを名前で呼んでくれるようになったので、それについては心から感謝している。

とはいえ、太一は未だ思春期を引きずっているような、シャイな十九歳である。

美咲のことは嫌いではないし、まるで愛らしい猫のような、吊り上がり気味のぱっちりとした瞳はとても魅力的だと思う――が、あのフレンドリーすぎる性格は、正直、ちょっとだけ苦手だった。

「い、いえ……ここで結構です」

するとと英理香が助け船を出してくれる。「美咲、太一は静かに食後のひとときを楽しんでいるのよ。そっとしておいてあげなさい」

「はーい」

英理香と美咲は仲の良い姉妹のようで、美咲は素直に従った。二人はそれぞれに飲み物を注文し、佐和子も交えて楽しげにおしゃべりを始める。英理香も美咲も、毎日のように来る常連客で、佐和子も合わせて仲良し三人組だった。

美咲の絡みから解放されて、いったんほっとした太一だが、次第に別のことで心がざわつきだす。

(英理香さん、僕とセックスしたことをしゃべったりしないよな……?)

佐和子が不倫に対してどう思っているのかはわからないが、人妻とセックスをするような遊んでいる男だとは思われたくなかった。

(英理香さんとセックスしたのは事実だし、また誘われたらきっと断れない……いや、断らないだろうけど、でもやっぱり、佐和子さんには知られたくない)

もしも佐和子に幻滅されたら、太一の青春は真っ暗だ。お願いだから余計なことは言わないで……！　と、心の中で念じる。

いつもなら佐和子の姿を眺めるためにもう少し粘るところだが、こんな気持ちのまま、のんびりアイスコーヒーをすってなどいられなかった。心臓がドクンドクンと乱れて落ち着かない。今日はもう退散しようと思った。

グラスをあおってアイスコーヒーを飲み干し、席を立つ。

「ごちそうさまです。あの……ハムエッグ、とっても美味《おい》しかったです」

レジ前に向かって、カウンター席の後ろを通り抜けようとした。

すると、美咲が腕をつかんでくる。

「もう帰っちゃうの？　ねえ、ちょっとくらいおしゃべりに付き合ってよぉ。なんならお姉さんがなにか奢《おご》ってあげるから」

「いえ……もう、お腹いっぱいなので……」

「若い子がなに言ってるの。デザートくらい、まだ食べられるでしょう？　それとも急いでるの？」

「そういうわけじゃないですけど……」

思いのほか強い力で、太一はつかまれていた。強引に振り払うわけにもいかず、立ち往生していると、

「けど……なに？」

美咲はまじまじと太一を見つめて、さらに追及してくる。

彼女のメイクはやや濃いめで、まぶたから目尻にかけてのアイシャドウはラメ入りでキラキラと輝き、アイラインも長く、くっきりと引かれていた。

そしてボリュームたっぷりの黒々としたまつげ。まるでギャルのようである。あるいは昔は本当にギャルだったのかもしれない。

太一の高校時代のクラスメイトにも、こんな感じのギャルの少女がいた。その少女は、太一のようなぱっとしない男子たちを明らかに見下し、馬鹿にしていた。当時の記憶が蘇って、それで美咲につい苦手意識を抱いてしまうのかもしれない。美咲が自分のことを馬鹿になどしていないのはわかっているのだが。

「ねえ、太一くんって、今、夏休みなんでしょう？　毎日、なにをしてるの？」

「え……いえ、特になにも……」

ゲームをするか、ネットの動画を観るくらいだ。

「もういいじゃない、美咲。太一が困っているわよ」

再び英理香がたしなめようとするが、今度は美咲も引き下がらない。

「なにもしてないの？　じゃあ、アルバイトは？」

なんだか説教をされているみたいで、太一は情けない気分になりながらかぶりを振った。クールベに通うようになると、大学の学食や牛丼店などのリーズナブルな食事ですませていた頃より食費がぐんと上がり、このままではまずいと、アルバイトで稼ごうと思ったのは六月のこと。

しかし、この近辺の仕事はとっくに埋まっていた。友達に聞いた話によると、学生が多い町なので、アルバイトの競争率はかなり高いという。

「探してはいるんですけど、なかなかいいのが見つからなくて……はい」

「えぇぇ……若い子が遊びも仕事もしないで毎日ダラダラしてるって、どうかと思うわよ？」

呆《あき》れたようにそう言う美咲。やがて、まるでおじさんのような仕草でデニムパンツの太腿をポンと叩いた。

「じゃあ、家庭教師やってみない？　うちの息子の」

「家庭教師ですか？　いや、僕、人にものを教えるなんてしたことないですし」

小中高の成績も、一番出来の良かった科目でも中の上という感じだった。家庭教師など、とても自分に務まるとは思えない。が、

「大丈夫、うちの息子、まだ小学五年生よ？　大学生の太一くんなら難しいことない

わよ」軽いノリでそう言うと、美咲はアハハと笑った。「まあね、なんだったら夏休みの宿題をサボらせないだけでもいいの。うん、決めた。お願いね」

「ちょっ……勝手に決めないでくださいっ」

「いいから、いいから。じゃあ、早速今日から来てくれる？」

美咲は、まだたっぷり残っていたアイスコーヒーを一気飲みし、カウンターに置いていた財布を手にする。

「きょ、今日って、そんないきなりっ」

「いいじゃない。どうせ暇なんでしょう？　ほら、太一くんの分もあたしが払ってあげるから」

太一の手から伝票を取り上げ、美咲はとっとと会計を済ませてしまった。

そしてまた太一の腕をつかみ、グイグイ引っ張って歩きだす。

太一と美咲が店から出ていってしまうと、佐和子は溜め息をこぼした。

しばらくして、英理香が話しかけてくる。「美咲ったら、家庭教師をしてほしいなんて、ただの口実じゃないかしら。ねえ？」

「え……ど、どういうことですか？」

英理香は口角を吊り上げ、悪戯《いたずら》っぽい微笑を浮かべた。

「女が男を自宅に連れ込もうっていうのよ。わかるでしょう？」

「そんな、まさか……」

佐和子は苦笑いを返す。冗談を言っているのかと思った。だが違った。

「わからないわよ。太一って、あれで結構モテるタイプじゃない？　特に……そう、年上の女からは」

それには同意だった。お得意さんだからというのもあるが、佐和子は太一のことを可愛く思っている。ハムエッグの特別サービスをしたのも、そんな気持ちの表れだ。

「今時の子にしては純朴で、擦《す》れてなくて……見ていると母性本能をくすぐられるというか、なんだか放っておけない気がしますよね」

「そうでしょう？　うんうん、ふふふっ」

英理香は、なんだか自分の子供を褒められたみたいに嬉しそうである。

カウンターに肘をつき、掌で顎を支え、鼻歌でも歌いそうな感じに言った。

「佐和子さんも、太一を狙っているならもっと本腰を入れた方がいいんじゃなぁい？　ご飯で餌付けするだけじゃなくて」

「わ、私はそんなつもりは」佐和子の顔がジワッと熱くなる。

今から三か月ほど前。その頃は、クールべに毎日通ってくれるようになった太一と、二言三言しゃべる程度だった。

だが、次第に会話の量が増え、親しみが深まっていく。すると、〝ただのお客〟以上の感情が芽生えてきた。

それは、年の離れた弟のような感じ――だと、少し前までは思っていた。

が、いつしか彼の来店を心待ちにするようになっている自分に気づく。彼が帰った後の店内は、なんだかとても寂《さび》しく感じる。

これは恋愛感情なのだろうか？　自分でもよくわからなかった。

ただ、どちらにしても、彼と男女の関係になりたいとは思っていない。

自分は人妻なのだから。よその男に抱かれれば、それは不貞行為となる。たとえ夫婦仲が冷え切っていてもだ。

(それに……年が離れすぎだもの。一回り以上も離れている私を、太一さんが女として見てくれるわけないわ)

目の前の英理香をチラリと眺める。彼女の美しさは、同性から見ても惚れ惚れするものだった。アダルトな色香に満ちた美貌。そしてその身体は、とても自分より年上だとは思えないほど整っている。磨《みが》き抜かれている。

もしも自分が、こんな美魔女ボディの持ち主だったら、あるいは彼も――と、つい考えてしまうことがある。佐和子も、自分の大きな胸がみっともなく垂れないように、そこだけは気をつけていた。しかし、他の部分は年相応である。ムッチリした女体は、〝脂が乗っている〟という言い方もできなくはないが。

（きっと太一さんは、私のことを母親のような感覚で見ているんだわ）

親元を離れての一人暮らし。その寂しさから、家族のようなぬくもりを求めてこの店に来てくれているのだろう――と、佐和子は思う。

それでも構わなかった。若い男から慕《した》われるということは、年増の女にとって、たまらない愉《たの》しみだったから。

しかし、だからこそ、こうも考えずにはいられなかった。

（もしも太一さんが、私のことを女として見てくれたら、そのときは……）

2

クールべを後にし、太一は、美咲の家まで連れていかれた。

家庭教師が本当に嫌なら、正直に断って、帰ってしまっても良かった。さっぱりとした性格の美咲は、そんなことで根に持ったりはしないだろう。

それでも断らなかったのは、結局のところお金が欲しかったから。

(収入があれば、クールべで、コーヒー一杯をちびちびやって粘らずに、二杯目を頼んだりできるかも……)

美咲の家までは、クールべから歩いて十分足らずの距離だった。

住宅街の一軒家で、大きさは周囲の家々と同程度だったが、外観は白い壁と立方体の形が印象的な、なんとも洒落た造りの建物である。美咲の夫の友人に建築デザイナーの人がいて、夫が結婚して新居を建てる際、その人に設計を依頼したそうだ。

「結婚っていっても、あたしの前の奥さんとの、ね」と、美咲は言った。

美咲の夫は再婚だったのだ。太一に家庭教師をしてほしいというのは、その夫の連れ子だという。名前は悠真《ゆうま》。

家に入ると、二階にあるその少年の部屋にいきなり通された。「この人は芦田太一くん。今日から悠真の家庭教師よ」と美咲が紹介すると、テレビゲームをしていた悠真は、不機嫌そうな顔を一瞬だけこちらに向ける。

「……家庭教師なんていらないよ」

その刺々しい態度は、家庭教師を連れてきたことが迷惑というよりも、美咲の存在そのものが気に入らないという感じだった。

美咲は、クールべでは一度も見せたことのない、困ったような、寂しいような、それを誤魔化すような苦笑いを浮かべる。

「それじゃ、太一くん、よろしくね」と言って、静かに部屋から出ていった。

(よろしくねって……この空気で、どうすればいいんだ？)

はっきり言って、太一は社交的なタイプではない。初めて会った相手と楽しくおしゃべりできるようなコミュニケーション能力はなかった。気まずい雰囲気を引きずっているこの状況では、なおさらである。

ただ、幸運だったのは、悠真が今遊んでいるゲームを太一が知っていたことだ。

その対戦型のアクションゲームは、太一もよくプレイしている。それこそ、一晩中ぶっ通しでネット対戦するほどに。

恐る恐る少年の隣に座り、話しかけてみた。「あ……あのさ、対戦しない……？」

しばらく無視された。が、

「……んっ」

悠真はチラリとこちらを見て、それから床に転がっているもう一つのコントローラーを顎で指す。太一はほっとして、そのコントローラーを手にした。お互いにプレイするキャラクターを選択し、対戦が始まる。

（さっき見てた感じだと、このゲームを、なかなかにやり込んでるみたいだな）

だが、プレイの腕は自分の方が上だと確信していた。元々ゲームは得意な方だが、暇な夏休みの時間を昼といわず夜といわず費やすことで、かなりの腕前まで熟達していたのだ。さすがにプロゲーマー並みというほどではなかったが。

（普通にやればまず負けないだろうけど、そんなことよりも今は、この子と仲良くなる方が大事だよな）

手を抜いていると思われないように、そこそこに相手を追い詰め、それでいて最終的には花を持たせる。いわゆる接待プレイである。相手にばかり勝たせているとさすがに怪しまれるので、ときにはこちらも勝つのが肝《きも》だ。

勝って負けてを繰り返しているうちに、悠真はすっかり太一との対戦に夢中になった。むっつりしていた顔が明るくなり、やがては笑みまで浮かべる。

「……ねえ、ずっとゲームしてていいの？　芦田さん、家庭教師なんでしょう？」

とうとう悠真の方が気を遣《つか》ってきた。太一は首を傾げ、

「うん、まあ……今日はいいんじゃないかな。初日だし、まずは親睦を深めようよ」

と、そこへ美咲が、スナック菓子とコーラを持ってやってくる。

「仲良くやってくれてるみたいね。ありがとう、太一くん」

途端に悠真は、むっつり顔に逆戻りしてしまった。

美咲が出ていった後も、悠真は不機嫌そうに唇を引き結んでいる。思い切って太一は尋ねてみた。

「悠真くんは……お母さんが好きじゃないの？」

「あの人は、お母さんなんかじゃないっ！」

思った以上の強い反応に、太一は目を見開く。

悠真はハッとした顔になり、うつむいて、小さな声で「ごめんなさい」と謝った。

子供ながら心に溜まっていたものがあったようで、その先はこちらが尋ねずとも、ぽつりぽつりと悠真の方からしゃべりだす。

悠真の母親が亡くなったのは三年前のことで、要するにこの少年は、自分を産んでくれた母親を未だ愛し、それ以外の女性を母親とは認めたくないのだった。一年前に父親が再婚したときも、悠真は最後まで反対したという。

「でも結局、お父さんは僕の言うことを聞いてくれなかった。だから僕も、もう知らない。誰がなにを言ったって、あの人をお母さんだなんて絶対に思わないんだ」

少年の告白が終わると、太一は考え込んだ。当然、なにか言うべきだ。

同じくクールべの常連客仲間として、美咲のことを擁護すべきだろうか？　一応、今の美咲は、太一の雇い主でもある。彼女のためにも、優しく正論を説いて、この少年を諭《さと》すのが正しいことなのだろうか？

太一は考えて、考えて――そして、うつむいてコントローラーを握り締めている悠真に言った。

「……うん、それでもいいんじゃないかな」

「え？」

悠真が顔を上げる。意外そうに、目を丸くしていた。太一は言った。

「悠真くんが、亡くなったお母さんのことが大好きなのは理解できるし、これからもその気持ちを大事にしていいと僕も思うよ」

「そ、そうだよねっ！」悠真の顔がぱあっと明るくなる。「あ……でも、いいの？　芦田さんは、あの人の味方じゃないの？」

「味方っていうか……まあ、仲良くしてもらってるけど」

美咲のことは――なれなれしさに少々困らされることもあるが――根は思いやりのある面倒見のいい人だと思っている。まだ太一がクールべに通い始めたばかりの頃、佐和子と話すきっかけを美咲が作ってくれたことが何度もあった。

だから、美咲とこの少年が仲良くなれるように協力したい気持ちはある。

だがしかし、まだ小学生の彼に大人の理屈を押しつけるつもりはなかった。

「僕は、悠真くんが、美咲さんのことを無理に母親と認めなくてもいいと思うよ。けど、仲良くすることはできるんじゃないかなって」

「どういうこと？」

「だってさ、美咲さんって……結構、綺麗じゃない？」

ギャル風メイクが目立っているが、おそらくすっぴんでもなかなかの美人だろう。

「あんな人が毎日ご飯を作ってくれたり、汚れた服や下着を洗ってくれたりしてるんだよね？　僕は一人暮らしだから、全部自分でやらなきゃいけないんだ。正直、羨《うらや》ましいと思うよ」

「……だから、感謝しろって言うの？」

「そんな説教じみた話じゃなくてさ、つまり美咲さんのことは、〝優しく面倒を見てくれる綺麗なお姉さん〟くらいに思えばいいんじゃないかなって……どうかな？」

悠真は眉間に皺を寄せ、うーんと唸った。

しばらくして、首を傾げながら、

「〝お姉さん〟ねぇ。でも……あの人もう二十八だよ」

「二十八なら、まだまだ全然〝お姉さん〟さ」

太一はニヤリと笑う。この少年は、〝優しく〟も〝綺麗な〟も否定しなかった。声を潜めて、尋ねてみる。「それにさ、美咲さんって……オッパイ大きいよね。その辺り、悠真くんはどう思ってる？」

「はぁ!? どうって、別に……オ、オッ……オッパイなんて、どうでもいいしっ！」

顔を真っ赤にしてうつむく悠真。

あからさまに動揺している初心《うぶ》な少年に、太一はつい笑いそうになった。

ごめんごめんと謝って、美咲が持ってきてくれたスナック菓子を勧《すす》める。二人で食べて、飲んで、また熱闘を繰り広げた。

3

その日はゲームをすることだけに終始し、太一は帰宅した。

その晩、布団に入ってから、もやもやと後悔の念が湧き上がってきた。「母親と認めなくてもいいと思うよ」なんて、赤の他人が無責任に言っていいことではなかったように思えてくる。

（僕が言ったことのせいで、悠真くんが美咲さんのことを完全に無視するようになっちゃったら、どうしよう……）

だが、それは杞憂《きゆう》だった。

翌日は水曜日で、クールベは定休日。その次の日、いつものようにクールベで昼食を食べていると、美咲が店にやってきて、太一の顔を見るなり駆け寄ってきた。

「悠真の態度がね、なんだか柔らかくなったの。ちょっとだけど、あたしに心を開いてくれたみたいな……ねえ太一くん、悠真になにか言ってくれたの？」

「え……い、いやぁ、大したことは……」

悠真は太一のことをとても気に入ったそうだ。夏休みいっぱいで構わないからと、美咲は週に二回の家庭教師をお願いしてきた。

そして翌日、また美咲の家に行くと、悠真が嬉しそうに太一を出迎えてくれる。

家庭教師は一日二時間の約束だった。前半の一時間は、ただ悠真の遊び相手になってくれればそれでいいと、美咲は言った。

前回のように、二階の悠真の部屋で一緒にゲームをしていると、

「あの人が母親かどうか、いったん考えるのをやめたら、今さらだけどいい人だなって気づいたんだ」と、悠真が照れくさそうに呟く。

一年前、美咲がこの家に来たばかりの頃は、お世辞にも料理が上手とはいえない有様だったらしい。

だが、今では結構美味しくなったそうだ。相当努力したのだろう。

また、悠真が風邪を引いたときなど、甲斐甲斐しく看病してくれたこともあったという。先日の太一の言葉をきっかけに、今になって、それらのことに感謝する気持ちが芽生えてきたそうだ。

「だから、芦田さんの言ったとおり、優しいお姉さんと一緒に暮らしているんだって思ってみることにしたよ」

悠真なりになんとか割り切ることができたようである。自分の言葉が家庭崩壊の原因にならずにすんだと、太一は胸を撫で下ろした。

その後、残りの一時間は夏休みの宿題にあてる。悠真はなかなか優秀な子で、太一が教えてあげることはほとんどなかった。

「暇だったら、芦田さんはゲームしてていいよ」

「いや、そういうわけにはいかないよ」と、太一は苦笑いをする。ただ、やることがないのは確かで、美咲が出してくれた山盛りのスナック菓子を黙々とつまみ、ペットボトルからコーラをグラスに注いでゴクゴクと飲んだ。すると、やがて尿意を催《もよお》す。

この家には一階と二階の両方にトイレがあるので、太一は近い方の二階のトイレへ向かった。トイレのドアを開けて、ギョッとする。

便座に美咲が腰かけていたのだ。

「あっ、す、すみませんっ！」

美咲が用を足している最中なのだと思い、太一は慌ててドアを閉めようとする。が、その前に素早く美咲の手が伸びた。太一は腕をつかまれ、トイレの中に引きずり込まれる。美咲はドアを閉め、鍵をかけ、また便座に腰を下ろした。

「良かったわぁ、やっと太一くんが来てくれて。ずっと待っていたのよ」

「え……待っていたって……僕が来るのを、ずっとトイレで？」

「そうよぉ」と頷き、美咲はまるで悪戯が成功した子供のようにニーッと笑う。

「まあ、太一くんがトイレに来る保証なんてなかったんだけど……でも、来るかもしれないし、来ないかもしれないって思いながら待っているのは、なんだかワクワクして楽しかったわ」

太一は呆れた。「僕がびっくりするところを見たかったんですか？　そのためにトイレで待ち伏せを？」

なら、もう目的は果たしたのだから、早く出ていってほしかった。太一は小便をす

るためにトイレに来たのだから。しかし、

「それもあるけど、それだけじゃないの」

美咲は、ちょっとだけ真面目な顔になって言った。

「あたし、太一くんにはとっても感謝してるのよ。一昨日ね……初めて悠真が笑うところを見たの」

一年前に初めて顔を合わせたとき以来、悠真は美咲の前で一度も笑うことがなかった。いつも仏頂面だったという。それが――

「一昨日の夕食に鶏の唐揚げを出したの。今までにも、鶏の唐揚げをおかずに出したことは何度もあったのよ。悠真はいつも、美味しいも不味《まず》いも言わないで、黙って食べていたんだけど……」

昨夜は、一口食べて、初めて美味しそうに頬を緩めた。

「唐揚げ、好きなの？」と美咲が尋ねると、悠真は小さく頷いてくれたそうである。

「一年間、一緒に暮らして、悠真の好きな食べ物がやっと一つわかったわ。ねえ、太一くんがあの子に、あたしのことをなにか言ってくれたんでしょう？　なんて言ったの？」

「え……ま、まあ、その……仲良くなるためのコツみたいなものを、ちょっと」

美咲のことを母親と思わなくていい——と言ったとは、さすがに言いづらかった。

太一が口籠もっていると、やがて美咲はなにかを察したような顔をする。

「ああ……もしかして〝男同士の秘密の話〟みたいなこと？　わかったわ、じゃあもう訊《き》かない」

いいように誤解してくれたので、太一はほっとした。美咲はにっこりと相好《そうごう》を崩す。

「とにかく、ありがとう。だからこれは、あたしの感謝の気持ち」

そう言ってからの美咲の手の動きは、実に素早かった。太一のズボンのファスナーを下げ、ボクサーパンツの前開きの部分をくつろげて、中のモノを引っ張り出す。

「ちょっ……な、なにをするんですかっ⁉」

「なにって、そんなの決まってるでしょ」

美咲は、まだ柔らかい陰茎を両手で揉み始めた。竿を握り、掌で亀頭を包み込んで、もみもみと破廉恥《はれんち》なマッサージを施してくる。

太一は声を殺して言った。「まずいですよ、悠真くんに見つかったら……！」

同じ家の中に彼女の息子がいるというのに、その彼女が、夫以外の男のペニスをはしたなくいじっている。スリルと官能が、太一の心を覆《おお》う。

口ではまずいと言いながら、彼女の手を振り払う気も失っていた。尿意もすっかり忘れた。

「大丈夫、すぐにイカせてあげるから」

悪戯っぽく微笑んで、美咲はますますマッサージに熱を入れる。ペニスの芯から愉悦が滲み出し、充血が始まった。そうなれば、後はあっという間である。

「わ、わ、嘘、おっきい……ええっ、どこまで大きくなるのぉ!?」

みるみる膨れ上がり、完全勃起を遂げたペニスが、美咲の手の中でビクンッと打ち震えた。

美咲は目を真ん丸にし、己《おのれ》の鼻先に突きつけられた肉棒としばし見つめ合う。

「はぁ……すっごいわぁ」熱い吐息を漏らす美咲。「太一くんって、身体はそんなに逞《たくま》しい方じゃないけど、オチ×チンはこんなにマッチョだったのねぇ」

鎌首《かまくび》をもたげたペニスの反りに、美咲は指を滑らせた。

指の腹が亀頭を撫で、指先がスッスッと裏筋をなぞってくる。ムズムズするような快美感に、太一は屹立をひくつかせた。

「ううっ、くっ……」

「ふふっ、気持ちいい？　でも、まだまだこれからよ」

淫靡《いんび》な笑みを浮かべた美咲は、唇からピンク色の舌を伸ばす。

驚くほど長い舌だった。あかんべえをしたら、舌の先が顎まで届きそうである。それが肉棒に張りつき、幹の裏側をねっとりと舐め上げた。

「あ、あぁぁ……み、美咲さんって、凄くベロが長いんですね」

「れろっ、ねろっ……んふふっ、そうなの。この舌でオチ×チンをペロペロすると、男の人はとっても気持ちいいみたいよ。高校生の頃、付き合っていた彼氏にお願いされて、毎日学校のトイレでしゃぶってあげたんだから」

そして今、美咲は自分の家のトイレで、若牡のペニスに舌を這わせている。

幹から裏筋まで何度も舐め上げげ、亀頭がテカテカに輝くまで唾液を塗りつけ、溢れ出した先走り汁をチュッと吸い取った。

「んふっ、太一くんのお汁、美味しい」

美咲は竿をしごいて先走り汁を搾り出し、飽きることなく吸い取る。舐め取る。どれだけ搾られても、カウパー腺液が尽きることはなかった。舌と唇、指の感触でじわりじわりと愉悦が込み上げ、鈴口から溢れ続ける透明な粘液。

「ああっ、み、美咲さん……そろそろ……」

本格的な刺激が欲しくなり、太一は肉棒をビクッビクッと痙攣させてねだる。

いつしか頬を赤らめ、発情した牝《めす》の顔となっていた美咲が、名残惜しそうに鈴口から朱唇を離した。

「んふぅ……そうね、オチ×チンのお汁、もっと味わっていたいけど、そんなにのんびりとはしていられないんだったわ」

あまり時間をかけすぎると、悠真に怪しまれるかもしれない。

「それじゃあ咥えてあげる。出したくなったら、いつでも出していいわよ」

美咲は大きく口を開けると、はち切れんばかりに膨らんだ亀頭をぱくりと咥え込んだ。さらに雁首を越えたところまで呑み込んでくる。

早速、美咲の舌がペニスに張りついて動きだした。まるで巨大なナメクジが蠢《うごめ》きながらその身を擦り寄せているような、おぞましくも甘美な感触である。

舌が長い分、絡みつかれる面積も広く、愉悦も大きい。そのうえ美咲の舌使いは実に器用で、裏筋や雁首の急所を的確に舐め擦ってきた。

(英理香さんのフェラチオとは全然違うけど……とても気持ちいいっ)

美咲はほとんど首を振らなかった。その代わり、舌の動きはどんどん激しくなり、唾液のぬめりと共に肉棒を擦り立てる。亀頭冠に沿って舌がグルグルと回転すると、太一は、まるで肉のミキサーに陰茎を突っ込んでいるような気分になった。

そして、ペニスの根元に絡みついた彼女の指が、輪っかを作って、シコシコと幹をしごきだす。

「おおぉ……くっ、くうっ」

たまらず太一は喘《あえ》ぎ声を漏らした。愉悦に歪《ゆが》んだ顔を、美咲が見上げてくる。じっと見つめられると恥ずかしいような、なんともいえぬ興奮が高まる。

クールベで顔を合わせるときとは違い、今日の美咲は、あのギャル風のアイメイクをしていなかった。だが、ギャルに複雑な思いがある太一としては、今の美咲の方が見ていて安心できた。彼女は元より大きな瞳で、まつげも長く、このままでも充分に魅力的である。

「うぐっ……ううっ、美咲さん……ぼ、僕、そろそろ……」

腰の奥がじんと痺れ、射精感が湧き上がってきた。

美咲はペニスを咥えたまま頷く。先ほど言っていたとおり、いつでも射精していいということだろう。

太一は、高まる射精感に身を任せた。鼻息を荒らげると、芳香剤のフレグランスがどっと鼻腔に流れ込む。濃厚な薔薇《ばら》の香りだ。

嗅ぎ慣れない香りによって、ここが自宅ではないことを改めて思い知らされる。他人の家で射精をしようという背徳感が、官能をさらに揺さぶった。

小刻みに震える膝。痙攣する腰。おそらくは、あと一、二分で絶頂に至るだろう。

そのとき――

後ろからコンコンとノックの音がした。

悠真だった。「芦田さん、まだ入っているの？」

美咲の顔が引き攣り、舌と手が止まる。太一も思わず跳び上がりそうになった。慌てて返事をする。

「ご、ごめんね、ちょっとお腹の具合が……」

「え……お腹が？　大丈夫？」

「う、うん、大丈夫だよ。あの、すぐに出るから……あっ、くうっ!?」

突如、舌愛撫が再開し、太一は呻き声を上げた。

なにをするんですか！　と、非難の眼差しを向けると、美咲は大きな吊り目で、意地悪な猫のように笑っていた。舌だけでなく、指の輪っかも再び肉竿を擦りだす。

悠真が心配そうに尋ねてきた。「今の声……芦田さん、凄く苦しそうだけど、ほんとに大丈夫なの？」

「う……うんっ……大丈夫、だよ……ほ、ほんとに」

沸き立つ射精感に耐えながら、太一は答える。「だ……出すもの、出し終わったら……すっきりするはずだから……！」

「そう……じゃあ僕、正露丸を用意しておくよ。えっと、頑張ってね」

そして、悠真の足音が離れていった。

太一は美咲を睨む。が、美咲はニヤニヤと笑っていた。

悪びれる様子もなく愛撫を加熱させる。舌は猛回転して亀頭と雁首を擦り倒し、指の輪っかは火がつきそうな勢いで竿をしごきまくった。Tシャツに包まれた巨乳が、手コキの振動でタプタプと震える。

それらがとどめとなって、太一はオルガスムスに達した。

「うおおっ……で、出るウウッ……!!」

せめてもの仕返しに、美咲の頭を両手でつかんで屹立をより深く突っ込み、喉の奥にたっぷりとザーメンを射出する。美咲は一瞬、苦しげに眉根を寄せたが、

「うう、うぐっ、んぐっ……ごくっ、ごくっ」

一滴《いってき》もこぼさずに、すべて嚥下《えんげ》した。指の輪っかで脈打つ肉棒をなおもしごき、最後の一滴まで吐き出させようとしてくる。

苛烈な絶頂感に、太一は奥歯を噛む。やがて射精が完全に止まると、美咲はペニスを口から出し、唾液にまみれた部分をトイレットペーパーで丁寧に拭いてくれた。

「うふふっ、出すもの出して、すっきりした？」

「え、ええ、まあ、一応……。でも、さっきは下手《へた》したら悠真くんにバレてましたよ。そうなったら、僕より美咲さんの方が困るでしょう？」

「そうだけど……まさか太一くんと一緒にあたしもトイレに入ってるなんて、あの子も思わないわよ」

美咲はあっけらかんとし、便座から腰を上げて、トイレのドアを薄く開く。悠真の気配がないことを確認して、廊下に出ていった。

「太一くん、オシッコするんでしょう？　ごゆっくりどうぞぉ」

小声で囁き、そして淫靡な眼差しで、未だ半勃ちのペニスを一瞥《いちべつ》する。

「うふふっ、次はもっと気持ちいいことしてあげるからね」

そう言って、ドアを閉めた。


家庭教師の時間が終了すると、悠真は、「ねえ、帰る前に、もうちょっとだけ遊んでいってよ」とお願いしてきた。

自宅に帰ってもどうせ暇なので、太一は了解する。

三十分ほどゲームで対戦していると、美咲がやってきた。太一が、悠真の部屋から

なかなか出てこないので、様子を見に来たのだ。事情を説明すると、

「悠真、太一くんは家庭教師なの。お仕事で来てるんだから、あんまり引き止めちゃ駄目よ」

「……はぁい」

残念そうにしながらも、悠真は素直に義母の言うことを聞いた。

時刻は午後四時になったばかり。悠真はスマホで友達と連絡を取り、駅前のゲームセンターで遊んでくるという。

「それじゃあ、芦田さん、また来週ねっ」と、太一より先に家を出ていった。

玄関で悠真を見送った美咲は、しみじみと呟く。

「今までだったら、あたしがお説教っぽいことを言おうものなら、あの子、すぐにへそを曲げちゃってたのに、それがたった数日で、素直に言うことを聞いてくれるようになるなんて……」

あの様子なら、いずれは本当の親子のように仲良くなれる日も来るのではと、太一は思った。そのきっかけが自分の言葉なら、実に誇らしい。

「良かったですね」

「ありがとう……。実をいうとね、離婚も考えてたの」

「え？」

「悠真は亡くなったお母さんのことが大好きだけど、夫もそうなの。あの人も、今でも亡くなった奥さんのことを物凄く愛してるのよ」美咲は肩をすくめて苦笑した。「あたしのことは全然って感じね」

　そんな夫が美咲と結婚したのは、親戚たちから「あの子に母親がいないと可哀想」などと再婚を強く勧められたかららしい。それで結婚相談所に登録し、美咲と知り合ったのだ。

「じゃあ、美咲さんも結婚相談所に？」太一は意外に思う。「そんなところに行かなくても、モテそうなのに」

「ええ、そりゃあモテたわよぉ。高校時代から、ひと月以上、彼氏がいなかったことなかったんだから。でも、いつも顔で男を選んでいたから、付き合ってみたら中身がダメダメでしたってことも多かったわね」

　三年付き合った彼氏は、その間に五回浮気をしたそうだ。その男との結婚を考えて我慢していた美咲だが、さすがに堪忍袋《かんにんぶくろ》の緒が切れて、喧嘩別れをしたという。

　それで男を見る目にすっかり自信をなくし、結婚相談所に頼ったそうだ。

　そこで今の夫を紹介される。誠実そうな人柄と、安定した収入は、美咲の希望どおりだった。そのうえ、わりとイケメンだったので、すぐに結婚を決めた。

「でも旦那さんは、前の奥さんのことを愛し続けていた……と」

「ええ……まあ、結婚までしたんだから、あの人も最初のうちは、あたしのことも愛するつもりだったんだと思うわ。ただ……」

結婚してから、互いの価値観の相違に気づいた。

「あの人は学校の先生で、とんでもなく真面目な性格だったの。一方あたしは、高校ではバリバリのギャルで……いや、ギャルがみんな不真面目っていうわけじゃないんだけど……とにかく、うちの夫とあたしでは、全然タイプが違ったのよ」

自分が不真面目でも、夫が真面目なら夫婦でバランスが取れる——などと、その頃は考えていた。が、そう上手《うま》くはいかなかったという。

ある日、考え方の違いから大きな喧嘩をして、それ以来、夫婦仲はすっかり冷えてしまったそうだ。

「夫は冷たいし、義理の息子は懐いてくれないし。だからもう離婚した方がいいのかなって思っていたのよ。でも、悠真はあのとおりでしょう？　だからあたし、あの子の母親としてなら、これからも頑張っていけるような気がするの」

「……そうですか」

美咲がそんなふうに悩んでいたとは、太一は想像もしていなかった。

クールべでの、あのなれなれしすぎる態度も、夫や息子と仲良くなれないことによる寂しさの表れだったのかもしれない。

そう思うと、美咲に対しての苦手意識がすっかり消えていた。太一はにっこり笑って、帰りの挨拶をする。

「それじゃあ、今日は失礼します。また来週に」

すると、靴を履《は》こうとする太一の腕を、美咲がつかんできた。

「ねえ、さっき言ったでしょう？　次はもっと気持ちいいことしてあげるって」

「え……？」

「こんなに早く機会が来るとは思ってなかったけど、でも悠真も出かけちゃったし、せっかくだから……ね？」

つい先ほど、息子を咎《とが》めていたくせに、今は美咲自身が、淫らな行為のために太一を引き止めようとしていた。

早くも艶めかしく頬を火照らせ、女の身体を擦り寄せてくる。

「太一くんには本当に感謝しているから、もっともっとお礼をしたいの。太一くんだって、お口に出しただけで満足しちゃったりはしないでしょう？」

「いや、まあ、それは……」

もちろん太一はまだ精力を余らせていた。人妻の淫靡な誘いに、若いイチモツは早速色めく。が、同時に不安も込み上げてきた。

(美咲さんは、ちょっと口が軽そうなんだよなぁ。もし、セックスをしたら、佐和子さんにしゃべっちゃいそう……)

ただ、すでにフェラチオまでしてもらっているので、今さら心配しても手遅れではある。こんなことならフェラチオも断固断るべきだったかと、詮なき後悔に頭を悩ませていると、美咲が過激な行動に出た。

いきなり自身のTシャツをめくり上げ、ブラジャーに包まれた巨乳を露わにする。後ろに手を回してホックを外し、カップを上にずらせば、見事な量感の生乳房がブルンとまろび出た。

「うわわっ、美咲さん……な、なにやってるんですか!?」

「あら、太一くん、あたしのオッパイ見たかったでしょう? クールべでも、チラチラと服の上から見てたわよねぇ。うふふっ、Gカップよ……ほぅら」

美咲は自慢げに胸を突き出してくる。

メロン大の乳房が太一の眼前に迫った。Gカップ——それだけの大きさにもかかわらず、肉房は丸々と膨らみ、乳首はツンと上を向いている。

美咲は、太一の手を取り、半ば強引に己の双乳に導いた。太一の掌が、ムニュッと肉房に押し当てられる。

（や、柔らかい……それにモチモチしている……！）

無意識のうちに太一は巨乳を揉み始めた。記憶に新しい英理香の乳房と比べると、こちらの方が柔らかさは上だった。

弾力は、英理香の美乳が勝っていたが、こちらの乳房にも、掌を快く跳ね返す張りがしっかりとある。これが二十代の乳房というものなのかもしれない。

下乳を持ち上げ、確かな重みを両手に感じながら、たっぷりとした乳肉を揉みまくった。それから乳首をつまみ、キュッキュッと押し潰す。薄桃色の肉突起はみるみる充血し、膨らんで硬くなる。

「あ、あぅん、乳首、感じちゃう……くぅん」

背中をくねらせ、猫撫で声を上げる美咲。女の媚態に誘われて、太一は勃起した乳首に口元を寄せた。舌を伸ばして、舐め上げようとする――

「ダァメ……うふふっ」

「え……？」

美咲の手が、やんわりと太一の顔を押し返した。

「今はそれ以上は……続きはベッドで、ね？」

コケティッシュに小首を傾げ、つぶらな吊り目には小悪魔的な笑みをたたえている。

太一は頷くことしかできなかった。

もはやセックスをすることしか考えられない。

4

美咲の寝室は二階だった。元は夫婦の寝室だったらしいが、今では夫は、自分の書斎にソファーベッドを置いて、そこで寝ているという。

寝室に入った美咲は、エアコンの冷房をオンにし、レースのカーテンを閉めるや、すぐに衣服を脱ぎ始めた。

「……よその家から覗かれたりしませんか？」

「大丈夫よ」

ただの薄いカーテンだと思ったが、美咲が言うには、ミラーレースカーテンというものらしい。特別な生地が外からの光だけを反射して、室内への視線をブロックしてくれるそうだ。

全裸になって堂々と窓際に立つ美咲。血行の良さそうな瑞々《みずみず》しい肌が、真夏の午後の日差しで輝く。

(綺麗だ……)

磨き抜かれた英理香の身体は素晴らしかったが、こと女肌の美しさにおいては美咲に軍配が上がった。そして適度にくびれたウエストから腰への女らしい曲線。ムチムチと張り詰めた太腿。まさに二十代の健康美である。

「あぁん……ほらぁ、いつまでも見てないで、太一くんも脱いで、脱いで」

太一の視線を受けて、美咲はくすぐったそうに身をよじる。

だが、その顔は実に満足げだ。胸も股間も隠さず、若牡の視線に晒《さら》し続けている。

(美咲さんのアソコ……毛が全然ない。剃《そ》っているのか?)

大人の女なら、股間の丘に当然草叢が生えているはずである。しかし、美咲のそこにはわずかな繊毛も見当たらなかった。不思議に思いながら、太一は上も下も脱ぎ捨て、彼女に続いてベッドに上がる。

予想外のベッドの感触に、太一は思わず「うわっ」と声を上げた。

「驚いた?」美咲がクスクスと笑う。「これ、ウォーターベッドなの」

太一にとって初めてのウォーターベッドだった。乗った部分が柔らかに沈み、まるで雲の上にいるような感覚である。

「すっごく寝心地がいいのよ。それにあたし、セックスのときに濡れすぎちゃうから、後始末がしやすくて助かるの」

シーツの下の本体――ウォーターバッグの素材は塩化ビニールなので、濡れても簡単に拭き取れるそうだ。後はシーツの交換だけですむという。

「まあ、今じゃ夫とセックスなんて全然だけどね。ふふっ」

「へえ、確かにこれは気持ち良さそうですね」掌でベッドの感触を確かめながら、太一は尋ねた。「ところで、そんなに濡れちゃうんですか？」

美咲はニヤリと笑い、勢いをつけてベッドに寝っ転がる。ベッドは衝撃を吸収し、女体をしっかりと受け止める。

美咲は身体をくの字に曲げ、股を開き、自らマングリ返しの体勢を取った。

「どれだけ濡れるか、確かめてみる？」

破廉恥極まりないポーズで、女陰が、割れ目の奥まであからさまになっていた。

小陰唇の色素の沈着は少なく、鮮やかなピンク色がしっとりと輝いている。英理香のそれよりもずっと小振りで、皺やよじれもほとんどなかった。

（高校時代に彼氏のチ×ポを毎日しゃぶっていたってわりには、アソコはそんなに使い込まれていない感じだな）

少々意外だったが、それがまた男心をくすぐってくる。

顔を近づけて、媚粘膜の様子をまじまじと観察した。「……確かに、ちょっとだけど、もう濡れてるみたいですね」

「こんなの、まだまだよ。本格的に濡れだしたら、こんなものじゃないんだから。ね、太一くん、舐めてぇ」

甘ったるい声でおねだりし、卑猥に腰をくねらせる美咲。太一は少し戸惑う。

「あの……僕、女の人のアソコを舐めたことなくて……」

「やり方がわからない？　大丈夫、優しくやってくれればＯＫよ」

「はぁ……わかりました、じゃあやってみます」

手や脚が沈むウォーターベッドの上でなんとか四つん這いになり、太一は女陰に口元を寄せた。媚肉から立ち上る甘酸っぱい香りが鼻腔を刺激してくる。

初めてのクンニに緊張しつつ、太一は舌を差し伸ばす。

膣穴の窪みからクリトリスに向かって、思い切ってペロッと舐め上げた。舌に覚えのある味わい――乳酸飲料のような風味と、それに微かな塩気が感じられた。

（うん、美味しい）

排泄器官でもある場所だ。もしも気持ちの悪くなるような味だったらどうしようと思っていたが、無用な心配だった。

太一はさらに舌を這わせる。花弁を口に含《ふく》んでしゃぶり、割れ目の隅々《すみずみ》まで舐め尽くして、女の味を愉しんだ。さらには大陰唇や恥丘も丹念に――ツルツルなのでとても舐めやすい。

「……美咲さん、アソコの毛は剃っているんですか？」

「え？　ううん、剃ってるっていうか、永久脱毛しちゃってるの。あたし、めんどくさがりだから、まめに手入れをするのが嫌いなのよぉ」

いちいち自分で剃る手間から解放され、しかも今のような夏場は、蒸れなくて実に快適なのだそうだ。

ヘアヌード写真などというものがあるように、女の恥毛は、男の情欲を高めるパーツでもある。ただ、それがまったくないというのも、大人の女の陰部がまるで少女のような有様であるのも、また違う趣《おもむき》があった。

割れ目の外側まで舐め回したあとは、いよいよメインの場所――肉のベールを剝《む》き上げ、クリトリスに舌を当てる。分泌物が溜まりやすい部分だからか、より塩味は濃かった。レロレロと舌先で転がすと、途端に美咲の腰が戦慄く。

「あっ、あああぁん、舐めて、クリ、いっぱい……そ、そう、根元からほじくるみたいに……くぅん、はぅうん」

ねっとりと舌を擦りつけ、ときおり唇に挟んでチュチュッと吸い上げた。

すると、美咲が言ったとおり、多量の淫水が膣口から噴き出てくる。あっという間に割れ目から溢れ、アヌスの窪みに溜まり、さらに尻の谷間へこぼれていった。

割れ目に溜まった淫水を一舐めすると、まさに乳酸飲料そのもののような甘酸っぱい風味が口の中に広がる。美味だ。太一はクリトリスを舌でいじくり回し、溢れてくる女蜜をせっせと舐め取った。味わえば味わうほど、その味に夢中になる。

「はぁん、あああぁん、気持ちいいわぁ……あたし、クンニされるの大好きなの」

美咲が永久脱毛をした理由の一つには、〝クンニが好きだから〟ということもあったという。

昔の彼氏に、「アソコの毛が口に入るからクンニしたくない」と拒否されたことがあったそうだ。それならいっそのこと永久脱毛してしまおうと思ったという。

しかし、そこまでしていても、美咲の夫は、一度もクンニをしてくれなかったそうだ。

「だから……あう、あふぅ……クンニしてもらうの、本当に久しぶりなのぉ」

美咲はマングリ返しの格好のまま頭を持ち上げて、己の股間に食いついている若牡を眺め、いかにも嬉しそうに目を細める。

太一は女陰から舌を離して尋ねた。「旦那さん、舐めてくれなかったんですか？」

「ええ」と、美咲は苦笑を浮かべる。「うちの夫って、セックスのことでもやたらと真面目で、そのうえ妙な感じにプライドが高いのよ。だから〝性器を舐めるなんて、そんなのいかがわしいビデオの真似事じゃないか〟って」

「え……じゃあ、フェラチオは？」

「してあげようとしたら、〝そんなことはしたら駄目だ〟って、怒られちゃったわ」

つまり夫は、美咲のあの長い舌を駆使した口淫テクニックを未体験ということか。

そして、彼女の淫蜜の甘露なる味わいも知らないと――。

（もったいないことを……）

太一は呆れた。同時に優越感も込み上げてきた。夫も知らない妻の味を知っているというのは、なんとも気分のいいものである。

今や小指の先ほどに膨れ上がった肉豆へ、親指の腹で淫らな指圧を施した。

「やあぁん、そんなにグリグリしたら、クリトリス潰れちゃうぅ……あ、あぁっ、やっぱり人にしてもらうと、自分でするよりずっと気持ちいいわぁ……！」

自らの膝の裏を両手で抱え込み、美咲ははしたなく腰をくねらせる。

膣口がパクパクと蠢くたび、穴の奥からドップドップと新たな女蜜が溢れ出した。

もはや舐め取るのも面倒だと、太一は膣口に唇を押し当て、ズズッズズズッと直に吸い取る。頬が凹《へこ》むほどに吸引すると、

「あっ、あっ、子宮が引っ張られるぅ……ひっ、ひいいっ」

美咲は喉を晒して仰け反った。腰の痙攣に切羽詰まった気配が現れる。

「ああっ……ね、太一くん、指、指を、中に入れて……ムズムズしてるところを引っ掻いてぇ……！」

どうやらクリトリスの愉悦だけでは我慢できなくなったようだ。人妻の貪欲さを感じながら、太一は中指を蜜壺に差し込む。中の肉は熱々のトロトロに蕩けていた。

「ムズムズしているって……どこですか？」

「も……もう少し、奥……お腹側の壁に、ザラザラしているところがあるでしょう……？　もうちょっと……あ、そ、そこっ」

膣路の天井に、肉襞が他の場所より細かく、ザラッとしている部分を見つける。

太一は中指の第一関節を鉤状《かぎじょう》に曲げて、「ここですね？」と、その部分を軽く引っ

搔いてみた。コリコリした感触が指先に伝わる。

「ひいぃんっ、そ、そうよ、そこ、Gスポットなの……お、おほおっ、もっと強く引っ搔いても大丈夫よ……もっと、つ、強くウゥ……！」

Gスポット——太一も知識としては知っていた。クリトリスと同じか、あるいはそれ以上の性感帯だと。感じるようになるまで、時間をかけて開発しなければならないらしいが、美咲のそこは、すでに充分なほど愛撫に慣れ親しんでいるようである。

言われたとおりに、より力を込めて指先をひっかけた。膣肉に軽く爪を食い込ませつつ、ジュボッジュボッと抽送する。

「あぐっ、あううっ、いいわ、そう、その調子よ、ひいっ、いいいっ……イ、イッちゃいそう……！」

それを聞いて太一は奮《ふる》い立った。Gスポットを搔《か》きむしりながら、再びクリトリスを舐め転がす。舌先を硬く尖らせて、グリグリとこね回す。

見上げれば、美咲の腹部が忙しく上下し、形良いGカップの肉山が二つ揃って小刻みに震えていた。その谷間の向こうに、愉悦に歪んだ美咲のアヘ顔が覗ける。

「ふひいっ、りょ、両方……気持ちいいっ、お、おおっ……あぁあ、来る、来る……いい、イックううウッ……!!」

クリ舐めと指マンのダブル責めによって、美咲はついに達した。声を上擦らせて叫び、ガクガクと腰を跳ね上げる。ウォーターベッドが荒々しく波打った。

と、その瞬間、太一は驚かされる。

女陰のどこかから、ピュピュッと生温かい液体が噴き出し、太一の顎にひっかかったのだ。

反射的に女の股間から顔を離す。美咲はしばらくゼエゼエと喘いでいたが、

「ふ……ふうぅ……潮《しお》、噴かされちゃった……ごめんなさい、太一くん、顔にかかっちゃった？」

「え、潮……？　あ、はい、ちょっとだけ」

「びっくりした？　汚いって思う？」

「いえ、全然」

潮吹きは尿ではないと、聞いたことがあった。濡れた顎を触ってみて、それをペロッと舐めてみる。味はほとんど感じられなかった。鼻を衝くアンモニア臭もない。

「むしろ嬉しいです。噴き出す瞬間が見られなかったのが残念なくらいです」

自分の愛撫が〝女の射精〟ともいうべき生理現象を引き起こしたのだと思うと、男として実に誇らしかった。

「良かった」と言った美咲は、ほっとした様子だった。

「……うちの夫はね、凄く嫌がったの」

彼は、潮吹きのことを失禁だと非難したという。美咲が違うと言っても、聞く耳を持たなかった。

ついには病院に行って治してもらえとまで言われた。これには美咲もムカッとし、

「今までは、みんな喜んでくれたのよ？」と、つい言ってしまった。

夫は顔を引き攣らせ、嫌悪と軽蔑を露わにして、寝室から飛び出していったという。

そのことをきっかけにして、夫婦仲はすっかり冷めてしまったそうだ。

（価値観が違ったって、そういうことか）

太一は美咲に同情した。ただ、大人の女を慰める上手い言葉が出てこず、仕方がないので上体を起こし、言葉の代わりに己のイチモツを披露する。

「僕は……美咲さんの潮吹きで、とっても興奮しました」

天を衝く勢いで反り返る巨砲。赤黒く色づくほど充血し、ボコボコと太い血管を浮き立たせている。

美咲は目を丸くして呆気に取られていたが、やがて嬉しそうに顔をほころばせた。

その瞳は微かに潤んでいる。起き上がって、熱っぽく太一を見つめてくる。

「ありがとう。じゃあ……早速、そのギンギンのオチ×チンを入れてもらっちゃおうかな」

四つん這いで近づいてきて、愛《いと》おしげにペニスを握った。

5

ウォーターベッドの上で太一が正座をし、その膝をまたぐようにして、背中向きの美咲が腰を下ろしてくる。背面座位だ。

「久しぶりのセックスだし、こんな大きなオチ×チンを入れるのも初めてだから、まずは少し様子見させてくれる？」と、美咲は言った。

太一がペニスの幹を握って固定し、そこに女陰が下りてくる。

接触すると、美咲は卑猥に腰をくねらせ、割れ目の中で亀頭を前後に滑らせた。

多量の女蜜で亀頭がコーティングされるや、

「ああ、なんだかとってもドキドキしてきちゃった。それじゃあ、いくわよぉ……」

美咲の腰が揺れ動いて、膣口の窪みが亀頭を捉える。

次の瞬間、美咲の腰が沈み、肉棒の先端からズブリ、ズブリと女壺に呑み込まれていった。

（うおっ、これは……!?）

途端に強い締めつけに襲われる。先ほど、指一本を入れた程度ではわからなかったが、美咲の膣路は、太一の太マラにはかなり狭かった。

そのうえ肉壁は硬めのゴムのようで、ペニスをギュウギュウと圧迫してくる。英理香の包み込むような柔らかさとは真逆の感触だった。

ともすれば愉悦よりも痛みが勝ってしまいそうだが、しかし美咲の濡れすぎる体質が、この膣路を素晴らしい嵌め心地にしている。大量の女蜜が潤滑剤《じゅんかつざい》となり、ギリギリで痛みにならない絶妙な摩擦快感を生んだ。

やがて美咲の尻が太一の太腿に着座し、ズズンッと膣奥の壁に亀頭がめり込む。

「おうぅ……や、やっぱり凄いわ。子宮が押し上げられてるぅ……！」

十八センチ近い巨砲の挿入感に圧倒された美咲は、串刺し状態のまま動けなくなった。美咲が落ち着くまで、太一は待つことにする。

栗色の髪を掻き分けると、露わにした首筋を優しく舌で愛撫した。仄かな汗の味を愉しみながら、首筋から立ち上る柑橘系《かんきつけい》の香りを胸一杯に吸い込む。

美咲はくすぐったそうに身体を震わせた。そして猫撫で声で、肩越しにこう言う。

「ねえ、太一くん……両腕でギュッてしてくれる？」

「は、はい」

なんだか睦《むつ》み合う恋人同士のようだと、太一は照れくささを感じながら、美咲の身体を後ろから抱き締めた。

触れ合う胸元と背中。女体の柔らかさとぬくもりが直に伝わってくる。

美咲が熱い吐息を漏らした。そして呟く。

「あたしね、パパ大好きな女の子だったの」

子供の頃、よく父親のあぐらに潜り込むように座ったそうだ。今でもこの体勢で抱き締められると、とても安心するという。

「美咲さんって、結構、甘えん坊なんですね」

「うふふっ、そうよぉ。だから昔付き合った彼氏は、みんな年上だったの。けど、こうして年下の男の子に甘えるのも悪くないわぁ」

そう言って美咲は、太一に背中を預けてもたれかかってくる。

太一も、十歳近く年上の女性に甘えられるのは、なかなか良い気分だった。彼女の心地良い重みを受け止め、抱き締める腕に力を込める。

それから、小さな子をあやすように、ゆっくりと身体を揺らした。

ウォーターベッドの柔らかさを利用して、穏やかな波間を漂うように、左右に身体を揺らす。

しかしその動きは、美咲にリラックスよりも肉悦をもたらした。

「あうぅ、それ……奥に、オチ×チンの先がグリグリ当たるぅ」

期せずして女の急所を、ポルチオの秘肉を太一はこね回していたのである。美咲はヒクヒクと身悶え、結合部から溢れた愛液が陰嚢《いんのう》までしとどに濡らした。

そして美咲が愉悦に身をよじると、肉棒をギチギチと締め上げていた膣壁までもがうねりだす。竿の根元から先端に向かって搾り上げるように波打ち、ストロークしていなくてもじわじわと性感が湧き上がった。

(たまらない。まるで電動のマッサージ機のようだ)

ただ、気持ちはいいが、これだけで射精まで昇り詰めるのはちょっと難しそうである。そのもどかしさで、ウズウズッと肉欲が高まり、衝動的に巨乳を鷲づかみした。柔らかさと弾力を兼ね備えたGカップの双乳を荒々しく揉みしだく。乳首をつまんで肉房が変形するほど引っ張り、左右にねじる。

「あ、やぁん、乳首がジンジンするぅ……あぁ、あたし、またイッちゃいそう」

クンニと手マンで達して女体が温まったせいか、美咲は早くも次のアクメが近づいていることを告げた。

太一は淫らなロッキングチェアと化し、巨乳を弄《もてあそ》びながら、さらに激しく小刻みに身体を揺らす。太一の膝の上で、女体はガクガクと翻弄され、膣底にめり込んだ亀頭はすりこぎの如くポルチオをすり潰した。

「あひいっ、ダ……ダメ、イク、ほんとにイッちゃう……うぅ！」

汗に濡れた美咲の背中が、太一の胸板とヌルヌルと擦れ合う。熱を帯びた女体は、ますます濃厚に薫った。

膣路はよりダイナミックに躍動する。心なしか、最初の頃よりは肉壁がほぐれてきたようだった。硬めだった嵌め心地が、少しだけマイルドになった気がする。

（もう美咲さんも、僕のチ×ポに慣れたよな……？）

両手を巨乳から離し、今度は美咲の尻をつかんだ。張りのある尻たぶの感触をしばし愉しんで、それから持ち上げようとする。

「美咲さん、そろそろ……」

「あん……動きたいのね。わかったわ」

美咲も腰を上げてくれた。太腿から女尻が五センチほど浮いたところで、太一はペニスを突き上げる。ようやく摩擦快感を得て、たまらずピストンを開始した。

「ふっ、ふんっ……くっ、はっ、はっ……！」

　膣肉が多少ほぐれたとはいえ、やはりその締めつけは強烈である。雁エラが削れてしまいそうな息の詰まる激悦に、ここまで焦《じ》らされていたペニスは、瞬く間に射精感を高めていった。

「う、うっ、み、美咲さん……僕も、もう……」

「太一くんも……イ、イキそうなの？　いいわ、一緒に……おおっ、おほぅ！　奥、いいっ……あぁ、ああーっ、子宮が痺れるウウッ……！」

　パンッパンッ！　パンッパンッパンッ！

　ぶつかり合う腰と丸尻。小刻みなピストンでポルチオを乱打すれば、美咲は悲鳴を上げて仰け反り、狂おしげに背中をよじる。

（もっとだ、もっと激しく……！）

　ウォーターベッドのせいで下半身が安定しないため、素早いピストンは難しかった。それでも力の限り腰を打ち上げる。額に汗を浮かべ、必死に狭穴を穿《うが》ち続ける。悪路を走る車に乗っているかの如く、美咲の身体はガクンガクンと縦に揺れまくった。

「ひぐっ、ううっ、イクッ！　ああ、イッちゃうわ、久しぶりに、セックスでっ！」

　そして肉穴が、ひときわ激しく緊縮する。

「イクッ、んふうぅ、イックううぅーッ!!」

ギュギュッ、ギュウーッと、万力のような力強さで肉棒を締め上げられた。太一もすぐさま後を追い、熱いザーメンを勢い良く噴出する。

「出る、ああっ……うーッ！　く、くーッ!!」

射精の途中で美咲の身体が前に倒れ、ウォーターベッドに突っ伏した。

すっぽ抜けたペニスは脈打ちながら放精を続ける。力尽きてぐったりとした女体を、ヌラヌラと汗に濡れ光る尻や背中を、白濁液で汚していった。

射精の痙攣が治まった太一は、長い吐息を吐き出す。

だが、まだ満足はしていない。二度の射精をしたとはいえ、一回はフェラチオ。セックスでは今の一回のみだ。美咲の絶品ヴァギナを堪能《たんのう》するには、たったの一回ではとても足りない。肉棒も未だ力感を失っていなかった。

「美咲さん、失礼しますっ」

「え……なに……あ、あううっ、そんな、続けてなんて……!?」

彼女の身体を仰向《あおむ》けにすると、精液と本気汁をダラダラとこぼしている肉穴に正常位で挿入する。すぐさま抽送を開始した。

やはりウォーターベッドの柔らかさが嵌め腰を邪魔するので、上手いやり方はないかと、あれこれ模索した。美咲の両脚を肩に担ぎ、太腿を抱え込むようにしてみる。

太腿にしがみつくことで、互いの身体が固定される状態となった。体勢が安定し、ピストンがしやすくなる。

なめらかになったストロークで、絶頂に達したばかりの熱い女壺を突きまくった。ズンッズンッズンッと、子宮の入り口を肉の拳で揺さぶり続ける。

「んほぅ、おおおん！　イッたばかりだから、敏感なのにぃ！　は、はひっ、あひぃ……ま、またすぐイッちゃう、さっきより凄いの来ちゃウウッ！」

ピストンの衝撃で巨乳も乱舞した。腰を振りながら太一は尋ねる。

「今度は、潮吹きしちゃいそうですか？」

さっきはクンニの最中だったので、潮の噴き出す瞬間が見られなかったが、この体勢ならバッチリ観察できるだろう。

だが、美咲は首を横に振った。Gスポットを強く刺激されないと、なかなか潮を噴くことはできないという。ポルチオの悦《えつ》だけでは駄目らしい。

ならばとストロークを大きくし、押し込む勢いでポルチオを突いては、引き抜きながら張り詰めた雁エラでGスポットを掻きむしった。

「ひいいっ、そ、そうっ！　Gスポットのお肉が、ああっ、熱くて、ジンジンしてきて……おほぉ、おおっ、イッちゃう、イクッ、あっ、あっ、んあああっ……！」

半ば白目を剥いて乱れ狂う美咲。淫水の量はますます増え、ピストンによって掻き出され、派手な飛沫《しぶき》となって甘酸っぱい淫香と共に飛び散る。お漏らしと見紛うほどに、シーツはグショグショに濡れていく。

空気と粘液が入り混じった卑猥すぎる抽送音が、グポポッ！　ジュボボボッ！　と、人妻の寝室に大音量で鳴り響いた。

「んほぉ、お、おっ、イクわ、出るっ……見てて、あぁ、イクッ、イクイクッ、出ちゃウウウゥ!!」

左右の手でシーツを握り締め、美咲は背中を仰け反らせた。

その直後、膣穴の上にある尿道口から、ピュピューッと透明な液体が噴き出す。

「やった！」と、太一は思わず声を上げた。潮水は太一の下腹部を濡らし、シーツに滴っていく。

初めて直に見ることができた太一だが、やはりオシッコをしているみたいだというのが、正直な感想だった。ただ、これが放尿だろうと〝女の射精〟だろうと、どちらにしても男の目を愉しませ、劣情を煽るには充分すぎる現象である。

「美咲さん、まだ出ます？　出ますよね？　もっと見たいです！」

次は小刻みな高速ピストンで、Gスポットの肉壁を集中して擦った。

「んぎぃぃ！　ま、待ってぇ、太一くん……今、イッてるからっ……あおぉ、お願い、少し休まへっ、お、おぉ、いい、くくっ……！」

美咲が苦悶の様相で喘ぎ、息み、下腹を大きく波打たせる。その下腹の内側では膣壁が狂ったように蠢き、強烈な膣圧のままうねりまくっていた。

嵌め心地は、彼女がイケばイクほど旨味を増し、太一も本日三度目の射精感を募らせる。裏筋を引き攣らせ、カウパー腺液をドクドクと漏らしながら、全力で腰を振り続ける。

「あぁあ、来た、来た、凄いのっ……イク、イク、ウウーッ！　イクイクーッ！　んぐううウウウーッ!!」

美咲の方はこれで四度目のアクメだった。随喜の涙を滲ませて、釣り上げた魚のように女体を跳ねさせる。それでも太一は容赦《ようしゃ》なくピストンを続けた。雁首がGスポットの肉をゴリゴリと削るたび、ビュッ、ビュビューッと盛大に潮を噴く美咲。

「んほっ、おおぉ、止まんない！　イッ、イッ、ウウーンッ!!」

存分に目で愉しみ、官能を高ぶらせ、ついに太一も射精に至る。摩擦熱で熱くなったペニスよりもなお熱い白濁液が、尿道を灼《や》きながら駆け抜け、鉄砲水の如き勢いで若妻の中へと噴き出した。

「うおおっ、イ、イキます……ウウーッ!!」

「んひーっ、イッグウウウゥーッ!!」

立て続けの絶頂でイキ癖がついたのか、美咲はアクメの荒波に呑まれ続けているようである。共に絶叫し、ガクガクと身を震わせ、そして太一が先に力尽きた。

(数日前に童貞を卒業したばかりの僕が、セックスで女の人に潮を噴かせたんだ)

大きな満足感を覚えながら、ペニスを抜いて美咲の隣に倒れ込む。

ウォーターベッドの寝心地は本当に良かった。濃密な情事に疲労した身体を優しく包み込んでくれる。このまま一眠りしてしまいたい気分だった。

ぐっしょりと濡れたシーツさえ気にならなければ——。


だが、気づけば時刻は午後五時半を過ぎていて、たとえシーツが濡れてなかろうが、一眠りをするような余裕はなかった。ぐずぐずしていると悠真が帰ってきてしまう。

バスルームを借りて、潮水に濡れた下半身を手早くシャワーで流した。バスタオルも使わせてもらって身体を拭き、服を着て、いそいそと玄関に向かう。

「太一くんへのお礼だったのに、なんだかあたしの方が愉しませてもらっちゃったみたい。あんなに気持ちのいいセックスをしたの、初めてだったかもしれないわ」

見送りの美咲がしみじみと呟いた。彼女は、一糸まとわぬ姿で玄関前の廊下に立っていた。情交の残り香をプンプンと漂わせたまま息子を迎えるわけにはいかないので、これからシャワーを浴びるのである。

「いやぁ、僕も充分に気持ち良かったですから。潮吹きも見せてもらいましたし」

「喜んでもらえたなら良かった」にんまりと口元を緩めて、美咲は言った。「それにしても太一くんのオチ×チンって、ほんとに素敵だったわ。英理香さんが言っていたとおりね」

「えっ……英理香さんが言っていた……!?」

太一は、靴を履く格好のまま硬直する。

「太一くん、英理香さんともセックスしたんでしょう？」美咲の瞳は、また意地悪な猫のようになっていた。「あ、大丈夫よ、佐和子さんには黙っていてあげるから」

「い、いや……僕は別に、佐和子さんのことは」

「誤魔化してもダァメ。バレバレだから」

ニヤニヤ笑いながら、美咲が人差し指で太一の頬をつついてくる。

太一は溜め息をこぼした。「……英理香さん、意外と口が軽いんだなぁ」

「あたしが無理矢理聞き出したの。英理香さんって元々美人だったけど、二、三日前からもっと綺麗になったっていうか、ますます色っぽくなったっていうか……これは絶対に男だなって思ったのよ」

女は、他人のそういう変化に敏感だ。そこで美咲は、いったいどんな男を見つけたのかと、英理香に尋ねたという。最初は口をつぐんでいた英理香も、やがては太一と寝たことを漏らしたそうだ。

「あたしもかなりしつこく尋ねたけど、でも英理香さんの方も、誰かに自慢したかったって気持ちはあったと思うわ。太一くんとのセックスがどんなに素敵だったか、そりゃあもうたっぷり聞かされちゃったから」

「まさか、クールべで……!?」

「ううん、自宅にいるときに電話で。佐和子さんには聞かせてないから安心して。とにかく、そんな惚気話《のろけ》を聞いちゃったら、あたしも太一くんとしたくてたまらなくなっちゃったってわけ」

美咲が今日、淫らに迫ってきたのは、そういう理由だったのだ。

「そうだったんですか……。あの、セックスしたことはくれぐれも佐和子さんには……っていうか、誰にも言わないでくださいよ?」

クールベには、英理香や美咲以外にも、近所の奥さんたちが集まってくる。下手に噂が流れたら、いつかは佐和子の耳に届いてしまうかもしれない。

「わかってるわよ。あたしも英理香さんも、もう誰にもしゃべったりしないから。その代わり……ね？」

美咲は太一の手を取り、人差し指をパクッと咥えた。

ゆっくりと顔を揺らしてしゃぶりながら、長い舌をネロネロと絡みつけてくる。

「ちゅぱっ、んふぅ……英理香さんのこと、これからも抱いてあげるんでしょう？ときどきでいいから、あたしもよろしくね」

痺れるような快美感が人差し指に宿り、太一は股間を疼かせながら、日向家を後にしたのだった。

第三章　吸いつく熟妻

1

それからは英理香、美咲と交わる日々が続いた。

火曜日と金曜日は家庭教師として日向家に向かい、悠真の目を盗んで美咲と――彼女の寝室で、トイレで、キッチンで、果ては帰り際に玄関の三和土《たたき》でセックス。それ以外の日は、英理香とタワーマンションの一室で交わる。ときにはラブホテルに連れ込まれることもあった。

一週間が過ぎたが、英理香も美咲も、太一との淫行を佐和子にはしゃべっていないようである。太一がクールベへ行けば、佐和子は今までと変わらずに笑顔で迎えてくれた。

それが、ちょっとだけ後ろめたかった。

しかし、佐和子と太一の関係は、あくまで喫茶店の店主と客の一人に過ぎない。

(佐和子さんが不倫を望んだりはしないだろうから、僕の片思いが報われる日なんて、きっと永遠に来ないいんだ)

だったら、英理香たちとセックスをしてもいいじゃないか——と思う。佐和子のために貞操を守っても無意味なのだ。

それでも、優しい声や微笑みを投げかけられるたび、太一の胸はちくりと痛む。

サンドイッチを多めにおまけしてくれたり、ハムエッグやサラダをサービスしてくれたときなどは罪悪感すら覚えた。

(もしも僕が人妻とのセックスに溺れている男だと知ったら、佐和子さんはこんなに優しくしてくれるだろうか?)

英理香、美咲との淫らな関係を断ち切るか、それとも佐和子への想いをすっぱり諦めるか——悩みながら、今日もクールベへ向かう。

と、この日の佐和子はいつもと様子が違った。

太一を出迎えたのは陰《かげ》のある微笑み。佐和子は妙に疲れている様子だった。

「佐和子さん……どうかしたんですか?」

「え……？　な、なにがでしょう？」

「いや、なんだか元気がなさそうに見えたので……。もしかして風邪でも？　顔もちょっと赤いような……」

「あ、いえ、あの……さっきちょっと重い荷物を持ったので、それで顔が赤くなっちゃったのかもしれないです。すみません、ご心配をおかけして」

「あ、ああ、そうですか……」

なにやら態度が空々《そらぞら》しい気もしたが、彼女がそう言っている以上、さらに追及することはできなかった。

太一はアイスコーヒーとピザトーストを注文する。アイスコーヒーを先にするか、ピザトーストと一緒に持ってくるか、佐和子は確認しないで厨房に入っていった。

いつもは先に持ってきてもらっていたので、きっと今日もそうしてくれるだろうと思い、太一は待っていた。

しかし、アイスコーヒーは来ない。

やがて佐和子が、トレイにピザトーストだけを載せて、やってきた。

「あの、アイスコーヒーは……？」と、太一は尋ねる。

「え……？　あっ、ご、ごめんなさいっ」

ピザトーストをテーブルに置くと、佐和子は大急ぎで厨房に戻っていった。アイスコーヒーのグラスをトレイに載せて、早足でまたやってくる。

彼女の足取りを見て、太一はなにやら嫌な予感がした。そしてそれは当たった。アッと声を上げ、佐和子がつまずく。トレイごとグラスがひっくり返る。

バシャッと、アイスコーヒーが太一の身体に降り注いだ。腹から太腿の辺りにかけてが、びっしょりと濡れてしまう。

「ああっ、ごめんなさい、私、なんてことを……！」

佐和子は色を失い、あたふたとカウンターから布巾《ふきん》を持ってきて、ひざまずき、太一の身体を拭き始めた。

（うっ……!?）

太一は、佐和子の姿に——正確には上から見た彼女の胸元に目を奪われ、思わずじっと見つめてしまう。

襟《えり》ぐりの広いボートネックのカットソー。ちょうど佐和子が、太一の足下にしゃがんでいるため、その襟元からあの爆乳の谷間が覗けていたのだ。

なめらかな乳肌の、かなり奥深いところまで——。

ムラムラと情欲が湧き上がり、下半身に熱い血が巡りだす。このままではまずいと太一は思った。

「あ、あの、もう大丈夫です。ホットじゃないから火傷もしてないし……外に出れば、暑さですぐに乾きますよ」

「そんな、駄目です。早く拭かないと染みになってしまいますっ」

太一が止めても、佐和子は拭くのをやめようとしない。慌てているからか、ズボンの股間にも容赦なく布巾を当ててきた。

(あっ……ほ、本当に、ヤバイ……！)

なんとかやめさせようとする。「じゃ、じゃあ、後は自分でやりますから……！」

「そんな……私のせいなんですから、どうか拭かせてください」

佐和子は頑《かたく》なに拭き続けた。爆乳の谷間によって疼き始めていた股間のモノは、ズボン越しの刺激で、とうとう充血を始めてしまう。

「あ……!?」

と、佐和子が声を上げた。ズボンの中の変化に気づいてしまったようだ。

羞恥心《しゅうちしん》と共に、恐れと不安が太一を襲う。彼女にしてみれば、濡れた服をただ拭いていただけなのだ。それなのに下品にも股間を盛らせるなんて――と、彼女に軽蔑されてしまったかもしれない。

「す、すいませんっ」太一は顔を真っ赤にして謝った。

佐和子は驚いたように目を見開いている。

だが、怒ったり、嫌な顔をしたりはしていなかった。

「……私が不用意でした」と言って、静かにかぶりを振る。「男の人は、その、刺激を受けたら、自然にそうなっちゃいますよね。太一さんは全然悪くないです。むしろ私みたいなおばさんが触っちゃって……ごめんなさい」

佐和子の布巾がようやく股間から離れた。

嫌われなくて良かったと、太一はひとまずほっとする。

そして、申し訳なさそうにうつむく彼女に言った。

「いや、そんな……佐和子さんも謝らないでください。僕、あの、別に嫌じゃなかったですから」

「……え？」佐和子が顔を上げ、太一を見つめてくる。

「あっ……い、いや、その、決してイヤらしい意味ではなくて……！」

余計なことを言ってしまったと、太一は後悔した。しばし沈黙が続く。

ただ、しばらくして口を開いた佐和子は、どことなく嬉しそうな顔をしていた。

「じゃあ……続けてもいいですか？」

太一は一瞬、返事に詰まる。だが、嫌じゃなかったと言ってしまった手前、断ることはできなかった。

「は、はい……お願いします」

すると佐和子は新しい布巾をカウンターから持ってくる。今度はトントンと叩くようにして、濡れた股間の水分を吸い取りだした。

(ちょっ……そ、そんなことされたら)

控えめながらも愉悦が生じ、陰茎はますます膨張する。

ムクムクと蠢きながら、ついには股間にテントを張ってしまった。

佐和子はもうなにも言わず、他の拭き残した部分に布巾を当てる。ひととおり拭き終わると、テントの膨らみをじっと見据え、なにやら思い詰めたような顔をした。

「あ、ありがとうございました。もう充分です」

太一がそう言っても答えず、すっくと立ち上がって店の外に出ていく。

(佐和子さん、どうしたんだ……?)

彼女がなにを考えているのか、太一にはさっぱりわからなかった。やがて店内に戻ってきた佐和子は、店の前に出していたスタンド看板を手にしていた。

スタンド看板を壁に立てかけると、ドアに鍵をかける。そして振り返り、こう言った。

「太一さん、ズボンを脱いでください」

唖然とする太一に、佐和子はもう一度繰り返す。「ズボンを脱いでください。中まで染み込んでいるかもしれませんから……さあ」

「こ、ここで、ですか？　そんな、誰かお客さんが来たら……！」

「ドアの外側のプレートを〝CLOSED〟にして、鍵もかけましたから、大丈夫です」

佐和子の声に、普段の彼女からは想像できない迫力を感じた。わずかに垂れた癒し系の瞳も、今は鋭い光を放っている。

つかつかと近づいてくると、佐和子はまた太一の前にひざまずいた。彼女の手が伸びる。気圧《けお》されてしまった太一は、あっという間にボタンを外され、ファスナーを下げられ、ズボンを強引にずり下ろされてしまう。

幸いボクサーパンツはそれほど濡れていなかった。色が黒だったので、コーヒーの染みもまったく目立たない。

しかし、膨らんだペニスの形は、ありありと浮かび上がっている。

太一は恥ずかしさにたまらなくなった。そして同時に混乱していた。いったいなにが起こっているんだ？　佐和子さんはどうしてしまったんだろう？

佐和子はしゃがんだまま、太一の座っている椅子の横に移動し、

「私のせいでそんなふうになってしまったのですから、私が責任を持ってお鎮《しず》めしますね」と言った。

ボクサーパンツも膝まで下ろされる。バネ仕掛けの玩具の如く、若勃起が勢い良く跳ね上がって天井を仰いだ。

佐和子は目を丸くし、まじまじと巨砲を見つめる。「す、凄い……」

しばらくすると驚きの表情に変わって、今度はうっとりとした微笑みを浮かべた。

おずおずとペニスを手筒に包み、熱い吐息と共に呟く。

「ああ、なんて硬い……まるで鉄のようです。とっても逞しい……」

柔らかな女の掌でそっと握ってくる。それだけで甘やかな快美感が滲み出し、太一は「ううっ」と小さな呻き声を漏らした。

この店には窓がないので、外から見られる心配はないが、それでも喫茶店の店内でペニスをさらけ出しているという緊張感に、胸がドキドキする。

(佐和子さん、どうしてこんなことを……わけがわからない)

しかし、肉棒を包み込んだ手筒がいよいよ上下に動きだすと、込み上げる愉悦に頭

の中は支配された。不安も、緊張も、困惑も、忘れてしまう。

おっとりとした癒やし系美人の佐和子が、今、牡の生殖器をシコシコと擦っているのだ。そのギャップにたまらなく興奮する。

(ああ……気持ちいい。佐和子さん、かなり上手だ)

手首のスナップを利かせたなめらかな動きは、実にこなれていた。佐和子もやはり人妻。ペニスの扱いには慣れているのだろうか。

ただ幹をしごくだけではなく、ときには親指と人差し指で輪っかを作り、雁首を重点的に擦ってくる。または張り詰めた亀頭をつまみ、ムニュムニュと揉んでくる。

太一がオナニーをするときは、単純に手筒でしごくだけである。佐和子の方が、ペニスへの手淫に熟知しているようだった。握る強さや、ストロークの大きさ、速さなども次々と変えて、バリエーション豊かに肉棒を愛撫する。

「どうですか、太一さん？　〝もっとこうした方がいい〟とかありましたら、遠慮なくおっしゃってくださいね」

「う……ああっ……い、いいえ、充分です……くっ」

ペニスが脈打ち、鈴口からドロリと先走り汁がこぼれた。

すると佐和子は身を乗り出し、熱帯夜の寝汗で蒸れたまま洗っていない亀頭に舌を伸ばし、躊躇うことなくカウパー腺液をペロッと舐め取った。

さらには、小鳥がついばむようなキスを、ペニスのあちこちに施してくる。まるで太一の肉棒が愛おしくてたまらないという感じだった。

「さ、佐和子さん、そんなことまでしてくれなくても……き、汚いのに」

「お詫《わ》びですから、どうか気にしないで、気持ち良くなってください」

アイスクリームの如く、亀頭をレロッレロッと舐め上げる佐和子。生温かくねっとりとした舌粘膜を擦りつけられ、太一は背筋をゾクゾクさせる。

そしてとうとう佐和子は、丸く開いた口で肉棒を咥え込んだ。朱唇で幹をキュッと締めつけ、緩やかに抽送を開始する。

佐和子は太一の横にひざまずき、そこから首を伸ばして咥えているので、肉竿の右側面と左側面が、朱唇の上下に挟まれている状態だった。これまで英理香や美咲に口愛撫をしてもらったときは、いつも正面から咥えてもらっていたので、そのときとはまた違う摩擦感がペニスを包む。

(咥えてもらう向きで、こんなにフェラチオの感覚が変わるのか)

思いも寄らぬ発見に、太一の胸は躍った。興奮が官能を高めていく。ぽってりとした肉厚の唇の感触も、実に心地良かった。

佐和子はいったんペニスを吐き出すと、顔を横に傾《かたむ》けて、今度は幹の裏面を咥えた。ハーモニカの演奏を思わせる動きで、幹の上へ下へと、濡れた朱唇を滑らせた。

その間も口内では舌先が忙しく動き、チロチロと弾くように裏筋を刺激する。

(ううう……こんなフェラテクまで……)

まるでAVを観ているみたいな気分だった。人妻とは、ここまで夫に奉仕するものなのだろうか？　だとしたら——太一は、佐和子の夫が憎らしくなる。嫉妬混じりの欲情をたぎらせて、素人とは思えない口技を披露する彼女を、まばたきも忘れて見つめ続けた。

すると佐和子も、太一の顔を見上げてくる。

男のモノを咥えているときの女の視線のなんと艶めかしいことか。

「……いかがですか、太一さん？」

ペニスから唇を離し、唾液でぬめる幹をヌチュヌチュとしごきながら、佐和子は尋ねてきた。

「き、気持ちいいです」

太一がそう答えると、佐和子は嬉しそうに目を細め、

「じゃあ、もっと気持ち良くしてあげますね」と言う。

大きく口を開き、佐和子は再び肉棒を口内に呑み込んだ。だが、さっきまでの穏やかなオーラルプレイとはまるで違うものが始まる。

チュボッチュボッ、ズボボッ、ジュルルッ、ジュポポポッ！

下品な音を盛大に響かせて、佐和子は頬が凹むほどにペニスを吸い立てた。

そして同時に首を振る。けたたましい音と共にビリビリと震える唇で、雁首や幹をしごいてくる。

「うわ、あああっ、こ、これって……！」

バキュームフェラ——AVなどでよく見るフェラチオのテクニックだ。体験するのは初めてで、太一は驚きと感動を覚える。

痺れるようなバイブレーションと摩擦快感が肉棒を襲った。太一は奥歯を噛み、ドクドクと先走り汁をちびらせる。

(あの佐和子さんが、バキュームフェラまでするなんて……)

店内に流れる落ち着いたジャズの音色——それと、

「んむっ、んぼっ、ちゅぼぼっ……じゅぶぶぶ、ずずっ、ちゅぶぶぶぶっ！」

佐和子の朱唇から漏れる下品な吸引音が混ざり合い、なんとも淫靡なアンサンブルを生み出していた。

（でも……ああ、たまらない……！）

憧れの女性が男のモノをしゃぶり立てている。その横顔にも色情を煽られ、射精感は着実に高まっていく。

「佐和子さん……で、出ちゃいます……！」

カタカタと膝を震わせ、上擦った声で太一は告げた。

それを聞いて、佐和子は小さく頷く。そして、ますます口奉仕を加速させた。

背中に垂らした一本の三つ編みが、宙に浮きそうなほど揺れる。口の中では、亀頭に絡みついた舌が活発に動き、敏感な粘膜をレロレロと舐め回してくる。

さらに佐和子の手が、キュッと収縮した陰嚢を柔らかに包み、幹を伝ってくる唾液のぬめりで撫で回してきた。慈《いつく》しむようにそっと揉んでは、二つの玉も指先で甘やかに弄ぶ。

下手に触れば激痛をもたらす部位も、扱いを心得ている者の手で愛撫されれば、うっとりするような心地良さに包まれた。

陰嚢への愛撫に緊張をほぐされ、前立腺が呆気なく決壊する。次の瞬間には間歇泉《かんけつせん》の如くザーメンを噴き上げていた。

「うわあぁ、イク、イキます、くううぅ……!!」

椅子の上で跳ねるように腰を痙攣させ、そのたびに大量の白濁液を注ぎ込む。

口内に出すのは初めてではないが、憧れの女性が相手だと、これまで以上に胸に迫るものがあった。悦びだけではなく、罪悪感も禁じ得ない。

だが、佐和子の顔に嫌悪の色はなく、それどころか極上の美酒を口にしているような夢見心地の表情で、放出された精液を飲み下していた。

射精の発作が治まると、太一は椅子にもたれて太い息を吐き出した。

佐和子はペニスを舐め清め、鈴口からザーメンの残りを吸い取ると、テーブルの紙ナプキンを使って、唾液のぬめりを綺麗に拭き取ってくれる。

丁寧に後始末をしてくれる佐和子を見ながら、太一は、忘れていた疑問を思い出した。彼女がここまでしてくれた理由がやっぱりわからない。

本当にただのお詫びなんだろうか？　自分以外の客の場合でも、同じような迷惑をかけてしまったら、やはりしゃぶるんだろうか？

「さ、佐和子さん……あの……」

尋ねようとするが、その言葉は遮られた。

「太一さんのオチ×チン……まだ、大きいままですね」

と、佐和子が言う。まるで、未だ完全勃起を続けているペニスに話しかけるように。

それから今度は太一の顔を見て、「立ってください」と言った。

戸惑いながらも太一が言うとおりにすると、佐和子はボクサーパンツとズボンをずり上げ、ボタンもファスナーも元どおりにしてくれる。

しかし、これで終わりではなかった。

「私の寝室に来てください」

そう言って太一の手を取り、佐和子は歩きだす。

「えっ……し、寝室って……!?」

佐和子の手には強い意志が込められていた。太一を決して逃がすまいという決意が感じられた。

逆らうこともできず、太一は店の奥に連れていかれる。テーブルにピザトーストを残したまま――。

2

店内の一番奥にあるドアから、佐和子の住居空間へ。

玄関前の階段で二階に上がる。廊下の突き当たりが寝室で、太一はドアの前でしばし待たされた。

やがて中に通される。寝室は畳敷きの和室で、空気が生ぬるいのは冷房を入れたばかりだからだろう。

戸棚やタンス、化粧台などがあり、部屋の真ん中にはすでに敷き布団が敷かれていた。畳の匂いに混じって、佐和子の甘いフェロモンが感じられた。

「それじゃあ、あの、脱ぎますけど……あまり見ないでいてくださいね。恥ずかしいですから……」

佐和子は背中を向けて、カットソーから脱ぎ始める。次にスカート、そしてスリップ。彼女の柔肌がどんどん露わになっていく。見るなと言われても、見ないわけにはいかなかった。

カーテンを閉められた室内は薄暗かったが、真昼の日差しがカーテンを透けていて、観察をするのに充分な明るさがある。

オナニーのネタにするため、これまでに何度も佐和子のヌードを脳裏に描いたものだが、実際に目にするそれは、まろやかに角が取れた肉体で、想像を遙かに超えて色っぽく美しかった。

母性に満ちた肉厚の背中。腰のくびれは控えめだが、そこから量感たっぷりの桃尻に繋がることで、熟れた女ならではの豊かで美しいカーブを描いている。

そして、ムッチリと張り詰めた太腿。足首もそれなりに締まっていた。

(見てると、なんだかほっとするような……けど、滅茶苦茶エロい……)

磨き抜かれた英理香の身体や、若々しい美咲の身体とも違う、底抜けに扇情的な爛熟ボディだった。見ているだけでズボンの中のペニスがひくつき、新たなカウパー腺液が溢れ出す。

靴下も脱いで完全な下着姿となった佐和子は、背中に手を回してブラジャーを外し、パンティを太腿に滑らせて両足から抜き取った。

一糸まとわぬ姿となってからようやく振り返り、太一と目が合うと、頬を赤らめて苦笑いを浮かべる。

「見ないでくださいって言ったのに……。ごめんなさい、こんなおばさんの身体で」

佐和子は両手で、ふっくらとした腹部を隠した。どうやら視線が気になるのは、乳房や性器よりも腹部のようである。

しかし、彼女が隠す前にチラッと見たところでは、腹肉が二段や三段にたるんでいたわけでもなく、熟した女らしい、ちょうどいいふくよかさだった。

(別に気にする必要ないと思うけどな……)

そもそも、腹部よりも遙かにインパクトの強いものがあるので、太一に限らず、大抵の男はそちらに目がいってしまうだろう。

佐和子の爆乳──それは、あの美咲のGカップを明らかに上回っていた。美咲がメロンなら、こちらはスイカだ。

その膨らみは、少しばかり重力の影響を受けているが、それがまた熟れた乳肉の柔らかさを表していて、今すぐにでも触ってみたくなる官能的な形だった。

肉房が大きければ、当然の如く乳輪も大きめである。よく見ると、乳輪自体もぷっくりと膨らんでいる。太一はゴクッと唾を飲み込んだ。

「僕は、あの、佐和子さんの身体、素敵だと思います」

乳房の次は、彼女の股間へと視線を下ろす。恥毛の量はなかなかに多めだ。

太一がズリネタにしていた際は、もっと薄い茂みの秘部を想像していたが、こうして実物を目にすると、この方が断然男の劣情を煽ってくれる。

「綺麗で、それに……とってもエロいです」

「エ、エロいだなんて……」

佐和子は頬を朱に染め、うつむいてしまう。が、

「ほ……褒めてくれてるんですよね。ありがとうございます」

はにかみながら微笑み、顔を上げてくれた。腹部から手を離し、すべてをさらけ出して、太一の前にやってくる。

「服、脱がせてあげますね」

太一は万歳状態で、Tシャツの裾をめくり上げられた。剝き出しになった胸板に、佐和子が顔を寄せてくる。朱唇が、太一の乳首に吸いついた。

「ああっ、さ、佐和子さんっ」

「うふっ、男の人もこうされると気持ちいいでしょう?」

舌先で舐め転がされ、チュッチュッと吸引され、コリコリになったところへ甘嚙みを施される。反対側の乳首も同じように愛撫された。

ゾクッとするような甘い快美感に、太一は思わず呻き声を漏らす。

脱がされている途中だったTシャツを自ら両腕から引き抜き、投げ捨て、今度は太一が彼女の乳房に挑みかかった。

爆乳を鷲づかみにし、高ぶった欲情に任せて荒々しく揉みまくる。掌からはみ出しては、こぼれ落ちそうになる乳肉。

弾力はほとんどなかったが、どこまで握っても芯を感じさせない柔らかさは、たとえこちらが自分勝手に乱暴な愛撫をしても、そのすべてを余裕で受け止めてくれそうな母性を醸《かも》し出していた。

たっぷり揉み心地を愉しんでから、乳首をつまんでこね回す。瞬く間に硬くなり、人差し指の先ほどの大きさに膨張した。

「あ、ああん……太一さん、お上手なんですね……はううっ」

くねりくねりと悩ましく身をよじる佐和子。英理香たちとのセックスがバレるのを恐れ、太一は話をすり替える。

「佐和子さんのオッパイ、大きいとは思ってましたけど、直に見ると本当に凄いですね。これだけ大きいと……H……ううん、Iカップとかですか？」

佐和子は小さく首を横に振り、恥ずかしそうにぼそりと呟いた。

「……Jカップです」

Jカップ！　予想以上のビッグサイズに太一は興奮する。

充血して硬くなった乳首に食いつくと、先ほどのお返しとばかりに舌で転がし、ぷっくりと膨らんでいる乳輪ごとしゃぶり立てた。

鼻息を荒らげれば、乳肌から立ち上る甘ったるいミルクの香りが、否応なく鼻腔に流れ込んでくる。佐和子の匂いだ。これまでにも、彼女が近くにいるときに仄かに感じられた薫香だ。今はそれを胸一杯に吸い込むことができる。

太一は頭に血を上らせ、佐和子の身体を抱き寄せるようにして、霜降りの熟臀を滅茶苦茶に揉みしだいた。モチモチした尻たぶを掌いっぱいにつかんで、上下左右に、円を描くようにこねくり回す。

「はぁ、はぁ……た、太一さん、もう充分ですぅ」

悲鳴のような声を上げると、佐和子はいったん身体を離し、太一のズボンとパンツに靴下まで、あっという間に脱がせてしまう。

それらの衣服を手早く、かつ丁寧にたたみ、そして敷き布団にその身を横たえた。

「さあ、どうぞ……その元気すぎるオチ×チンを、私で鎮めてください」

へそに張りつきそうなほど反り返ったペニスへ熱い視線を送りながら、佐和子は股を開いていく。

（ああ、これが佐和子さんのオマ×コ……）

恥丘を覆う黒々とした陰毛は、ちゃんと手入れをされているようで、ビキニラインで綺麗に切り揃えてあった。割れ目の周りもツルツルに剃り落とされている。

女体と同様、女陰そのものも肉づきが良く、大陰唇は二本のタラコを並べたようだった。

鮮紅色の小陰唇はやや大きめで、ぽってりと膨らんだ大陰唇から少々はみ出している。そして、驚くほどの女蜜でドロドロに濡れそぼっていた。

(もうこんなに？　いや、もしかしたら僕のチ×ポを咥えていたときから濡れていたのかも。これならすぐに入れても大丈夫そうだ)

太一が未だ童貞だったら、我を忘れて即挿入していたかもしれない。

だが、今は違う。この一週間、英理香や美咲と交わり続けて、多少はセックスの仕方も覚えた。憧れの女性とついに繋がることができるのだから、いきなり入れて、腰を振って、出すだけ――では、もったいない。

佐和子の股の間にひざまずくと、がっつきたくなる気持ちを抑えて、彼女の片足をそっと持ち上げた。まずは足の裏から舐めていく。

「た、太一さん……ああ、そんなところ、汚いのに、舐めていただかなくても……く、くぅん」

先ほどの太一と同じようなことを、今度は佐和子が言った。

もちろん太一は耳を貸さず、汗と脂が混ぜ合わさった酸性の微香を嗅ぎ、足の指の一本一本を咥えて舐めしゃぶっていく。口の中で、佐和子の足の指がヒクッヒクッと縮こまった。

これまでにも英理香や美咲の足を舐め、倒錯した興奮を愉しんだものだが、しかし、最も愛しい女性である佐和子の足はさらに格別だった。

本来なら決していい匂いではないはずなのに、いくら嗅いでも少しの嫌悪感も湧いてこない。それどころか、いつまでだって嗅いでいたかった。

そして、仄かな塩気の効いた癖のある味わいも情欲を掻き乱す。匂いも味も、まさに太一を狂わせる魔惑の媚薬。股間のイチモツは、太い血管をありありと浮かび上がらせて怒張の限りを尽くし、鈴口から止めどなくカウパー腺液を吐き出していた。

左右の足を舐め尽くすと、ふくらはぎを経て、ムッチリとした太腿へ舌を進める。

腹這いになって、いよいよ女の中心部に顔を寄せた。足への舌奉仕に佐和子も官能を高めたようで、割れ目の中の恥蜜はさらに量を増し、今にも肉の堤防から溢れ出そうである。

太一は鼻先を近づけ、深呼吸をした。女陰から立ち上る熱気と湿り気には、佐和子の牝フェロモンがたっぷりと含まれていて、嗅いでいるだけで射精を促される。

佐和子が、困り顔で訴えてきた。

「ああ、いやぁ……太一さん、そんなに嗅がないでください」

どうやら秘部を間近に見られることよりも、汗や脂、尿といった汚れの匂いを嗅がれることの方が、佐和子にとっては恥ずかしいようである。

太一は恥丘の陰毛越しに、佐和子に微笑んだ。「大丈夫、佐和子さんのアソコ、いい匂いですよ。濃厚なチーズみたいで、とっても美味しそうです」

「チ、チーズだなんて……ああ、そんな……」

真っ赤に染まった顔を、佐和子は両手で隠し、いやいやと身をよじった。

年上の女性の恥じらう姿に、太一の劣情がますます盛る。たまらず彼女の股ぐらに食いつき、肉溝に舌を這わせ始めた。女蜜の上品な甘味が舌に絡みついてくる。

花弁を舐め、唇に挟んでチュパチュパとしゃぶった後、クリトリスの包皮を剥いた。つややかな恥丘の茂みに鼻先を突っ込み、露わになった肉芽を唇で吸う。さらに舌先で弾《はじ》くように舐め上げる。

「あうう！　そ、そんなところまで……あ、あっ、そんなに舐められたら……と、溶けちゃいますぅ」

しかし実際には溶けてなくなるどころか、クリトリスはムクムクと膨張し、ついにはピーナッツほどの大きさに勃起した。

パンパンに張り詰めた肉豆を舌で転がし続ければ、佐和子は上擦った声で喘ぎまくり、太腿をギューーッと閉じてくる。

「ああーっ、太一さん、もう、もう、本当に……！」

ムッチリした太腿の内側で、太一の顔が圧迫された。それもまた心地良く感じながら、舌と唇でクリトリスを翻弄し続ける。

（いいぞ、僕のクンニで、佐和子さんが悦んでくれている）

ビクッビクッと跳ね上がる彼女の腰。二人の人妻とやりまくったおかげで、太一はいろいろとレベルアップしていた。

「くううっ、お、お願いします、太一さん。もう本当に充分ですから、早く、い、入れてください……！」

とうとう佐和子が音《ね》を上げる。太一は身体を起こして、マン汁まみれの口元を手で拭《ぬぐ》い、彼女の股の間に腰を進めた。

「はい。それじゃあ、いきますよ」

ペニスの根元を握り、亀頭を割れ目に擦りつけて、たっぷりと女蜜を絡みつける。

挿入を待ち焦がれるように蠢いている膣口へ肉槍の穂先をあてがい、正常位でゆっくりと腰を押し進めた。はち切れんばかりに膨らんだ亀頭が、一瞬肉の門にひっかかり、ズルンッと勢い良く呑み込まれる。

「あっ、ああん、お、おっきい……！」

膣口を限界まで拡張しつつ潜り込んでくる太マラに、佐和子は驚きの声を上げた。

「あぁぁ、凄いです、こんな……う、うう、お腹の中がオチ×チンでいっぱいに……えっ……ま、まだ入ってくるんですか……!?　おおっ、おふうぅ！」

亀頭が膣奥に届いても、太一はさらに腰に体重をかけ、残りの五センチほどをすべて膣内に押し込んだ。

膣路はそれなりの柔軟性をもって巨砲を受け入れたが、それでもこれが限界という感じ。膣奥の壁に亀頭がギリギリとめり込んでいた。

「ひ、ひいっ、奥に、こんな……んおぉ、こんなの初めて……！」

苦悶とも喜悦ともつかぬ顔をして、佐和子は全身を細かく震わせる。

太一は早速腰を振り始めた。一突きごとに佐和子の反応は、肉の悦びを表していく。

眉根を寄せた表情は、今やなんとも艶めかしい。

「あう、はうぅ、気持ちいい、素敵です、太一さんのオチ×チン……ああっ、こんなに感じちゃうなんて、信じられない……！」

だが、思いも寄らぬ愉悦に襲われているのは佐和子だけではなかった。

彼女の肉壺にペニスを潜り込ませたそのときから、太一は心の余裕を失っていたのだから。想像を絶する、その嵌め心地に——。

（こ、これ……カズノコ天井ってやつか……!?）

膣内を覆う肉襞が、粒のような形をしているのである。さながら足ツボを刺激する健康器具の如く、無数の粒々が膣壁を埋め尽くしていた。

猫の舌のようにザラザラとした蜜肉で、雁首や裏筋などの急所が擦られ、あまりの快感に太一は息を呑む。

そのうえ――美咲の、万力の如き膣圧には及ばないが、佐和子の肉穴もなかなかの締まりを有していた。特に奥の方の締めつけが強く、もしかしたら奥へ行くほど膣路が狭くなっているのかもしれない。

フェラチオで抜いてもらったばかりではあるし、この一週間でそれなりに持久力も上がっていたが、そうでなかったら、それこそ三擦《みこす》り半《はん》で果てていただろう。

（せっかく佐和子さんとセックスしてるんだ。できるだけ長く愉しみたい……！）

太一は緩やかなストロークを心がけた。一往復におよそ三秒ほどかけて、ゆったりとボートを漕ぐように腰を振る。

それでも充分に気持ち良く、粒襞による摩擦快感を落ち着いて味わえた。

佐和子にとっても、太一のペニスはかなりの逸品らしく、日本刀の如き反り返りで膣壁を擦り、亀頭でポルチオをグッ、グッと圧迫すると、佐和子は右に左に頭を振って悩ましく身悶える。太一を魅了した、あの甘いソプラノの美声で喘ぎまくった。

「んあぁ、はあぁん、気持ちいっ、いいんっ……もっとぉ、太一さん、あぁ、あーっ……もっと、強くうぅ……！」

勃起させてしまった責任を取る——という目的も忘れ、自身のさらなる愉悦を求める佐和子。

「う、ううっ……わ、わかりました」

やむを得ず、嵌め腰を加速させる。コリコリした粒襞との摩擦快感は指数関数的に上昇し、射精感が急激に高まっていった。

(自分だけ先にイッちゃうなんて、そんなみっともないところは見せられないっ)

肛門を締め上げて気合いを入れると、佐和子の身体に覆い被《かぶ》さる。しんなりと左右に流れたJカップの爆乳。その頂上にある褐色の乳首にしゃぶりつき、頬を凹ませて吸引した。左右の乳首を交互に吸い立て、少々強めに前歯を食い込ませる。

「ああっ、そ、それっ」

「ちゅぷっ……痛かったですか？」

「い、いえ、大丈夫です、もっとしてください……ああっ、そう、乳首の周りもっ」

太一は大きく口を開き、ふっくらとした乳輪にも、きつめの甘噛みを施した。

そして嵌め腰にも工夫を凝らす。常に激しく抽送するのではなく、奥に届く寸前で勢いをつけて、ズンッ、ズンッと膣底を抉った。

また、ペニスの根元まで力強く押し込めば、叩きつけた恥骨がずる剝けの勃起クリトリスを押し潰す。

「ひいいっ、た、太一さん、上手ぅぅ！　お、うう、奥っ、子宮が、痺れるっ……んあぁっ、イッちゃう、私、イッちゃいますっ……！」

腰を振って巨砲を轟かせ、乳房にかじりつきながら、太一は心の中で叫んだ。早くイッてください……！

ポルチオを抉るときだけ力を込めるピストン。太一の方の愉悦は、それである程度は抑えられるはずだった。

しかし、膣底に鋭い一撃を喰らわせるたび、新たな快感が発生した。奥の膣肉が亀頭にキューッと吸いついてきたのである。腰を引いて、膣肉を引き剝がそうとすると、たまらない愉悦がペニスを襲った。

（カズノコ天井の他にも、まだなにかあったなんて……あ、あ、ヤバイ……！）

裏筋の痙攣が止まらなくなり、前立腺が悲鳴を上げる。これ以上はもう無理だと、諦めかけたそのとき、佐和子の身体がガクガクと震えだした。

「あっ、ああっ！　イキます、イクッ……うううゥンッ!!」

膣穴がうねり、ギュギューッと肉棒を締め上げる。

もう我慢する理由はなくなり、太一は安堵と共に肛門を緩め、名器の激悦に身を委ねた。途端に、前立腺でせき止められていたザーメンが尿道を駆け抜け、鉄砲水の如き勢いで噴き出す。

「おおっ、ぼ、僕もっ……ウッ、ウウーッ！　クウウウーッ!!」

「あはあっ、精液が、奥に当たってるぅ！　太一さんのオチ×チン、私のお腹の中でビクンビクンしてるウゥ！」

液弾の勢いとペニスの脈動が、佐和子のオルガスムスをさらに甘美にしているようだった。射精が終わるまで、佐和子は牝の声を上げ、艶めかしい痙攣を続けた。

そして太一はぐったりと倒れ込む。熟れた女体は、最高級ベッドのマットレスもかくやという柔らかさで、優しく受け止めてくれた。

3

その日の佐和子は、これまで経験したことがないほどに心が乱れていた。

原因は夫である。単身赴任中の夫から数か月ぶりの電話がかかってきたのは昨夜のこと。

その電話のせいで、佐和子はほとんど寝られないまま朝を迎えた。

気分は最悪だったが、余計なことを考えたくなくて、いつもどおりにクールべを開けた。しかし、普段ならしないようなミスを連発してしまう。

一番のミスは、なんといっても太一にアイスコーヒーをぶっかけてしまったこと。

太一は毎日のように通ってくれている大切な客である。いや、佐和子にとって太一は、ただの客以上の存在。年甲斐もなく密かに好意を抱いていた、特別な相手なのだ。

そんな彼になんてことを、こんなことなら店を開けるんじゃなかったと、激しく後悔した。

が、カットソーの胸元に太一の視線を感じ、さらに彼の股間の膨らみを見たことで、佐和子の気持ちは切り替わった。

(太一さん……私にアソコを触られても〝嫌じゃない〟って言ってくれた)

あのときの太一の恥ずかしそうな顔は、まるで好きな女性に告白した男の子のようだった。

それを見た瞬間、熟れた女のスイッチが入った。

まだ十九歳の若い彼が、三十も半ばの自分を女として意識し、好意を持ってくれている——そう思うと、もう抑えが利かなかった。

胸の内で悪魔が囁いた。「夫が先に裏切ったのだから、あなたも——」と。

勃起させてしまった責任を取る——などという口実で手コキからフェラチオ。飲精までしてしまえば、若者を不倫の沼に引きずり込む罪悪感も忘れ、彼を寝室に連れ込んでしまった。

（太一さんとのセックス、信じられないくらい気持ち良かった……）

肉路をパンパンに膨らまされる拡張感と、ポルチオの急所にこれでもかと亀頭をめり込まされる圧迫感は、並み外れた剛直ならではの愉悦。

そして、勇ましく胸を張るように反り返った若勃起の形状は、膣壁への亀頭の当たりを強くし、それによって強烈な摩擦快感を生み出した。

間違いなく、佐和子はこれまでの人生で一番のオルガスムスを得た。

だが、年増の人妻を悦ばせたのは、ペニスの大きさや形だけではない。

自分をイカせようと懸命に腰を振る太一が愛おしくてたまらなかった。あのときの彼の顔から察するに、佐和子より先に果てないよう必死に堪えていたのだろう。

佐和子の夫などは、夫婦の営みのときも、自分が気持ち良くなることしか考えていなかったというのに――。

(あの人は、釣った魚に餌はやらないとばかりに、結婚した後は前戯もろくにしてくれなくなった……。でも太一さんは、私の足まで舐めてくれたわ)

足の指の股まで舐められたときは、申し訳ない気持ちと共に、女としてなんともいえぬ満足感を得た。身体の中で一番汚いといわれる足を舐めるのも厭《いと》わないほど、彼は自分に好意を持っているのだ――そう思うと、背筋がゾクゾクするほどだった。

(そのうえ、私がイクまで頑張ってくれた。ああ、こんなに嬉しいセックスは久しぶりだわ。一回だけなんて我慢できない)

乳房に顔を埋めて荒々しく呼吸をしている太一。彼の頭を優しく撫でながら、

「あの、太一さん……」と、佐和子は声をかける。

すると太一は慌てて身体を起こし、「あ……す、すみませんっ」と謝って、佐和子の上からどいた。結合も解いてしまう。

佐和子は別にどいてほしかったわけではない。抜かれた膣穴に切ない疼きを感じながら、自らも上半身を起こして彼の股間をうかがった。

さすがに若い。二回の射精を経ても、未だペニスは屹立を保っている。

佐和子はうつむき、媚びるような上目遣いで尋ねた。

「太一さん……まだ、続けてもらえますか？」

「え……？」

「ごめんなさい、私、自分が気持ち良くなることに夢中になっちゃって……今度こそ、私が太一さんを気持ち良くしますから」

「あ……は、はい、もちろんっ」

セックスの第二ラウンドを、太一は快く了承してくれる。佐和子は胸をときめかせながら、彼を敷き布団に寝かせた。

「お疲れでしょうから、どうぞそのまま。今度は私が動きますから」

太一の腰をまたぎ、がに股でしゃがみ込んでいく。

ぱっくり開いた秘唇の奥から、泡立つ白濁液が糸を引いて滴り、そそり立つ肉棒やその周りにボタッボタッと落ちていった。

太一が気を利かせて、ペニスの根元を握って支えてくれる。佐和子は真っ直ぐに腰を下ろし、肉の杭で自らを串刺しにした。豊臀を着座させれば、花弁はひしゃげ、肉厚の大陰唇が押し潰れる。

（あうう、す、凄い、さっきよりも、奥にめり込んでる……）

多少の苦しさを感じたが、それを遥《はる》かに上回る肉悦が込み上げた。まるで女体の奥にある秘密のスイッチを押されたかのように。

早くも自身の性欲に呑まれそうになりつつ、蕩けかけた理性に活《かっ》を入れて、佐和子は騎乗位のピストンを始める。

(今度こそ、自分よりも太一さんを気持ち良くすることを優先するの！)

夫が単身赴任になって以来の、五年ぶりのセックス。実に久しぶりだが、佐和子の身体は覚えていた。男を悦ばせる腰の使い方を。

結婚前のまだ大学生だった頃、今の夫に請われるまま、佐和子は様々な性のテクニックを覚えていった。フェラチオもそのときに仕込まれた。

最初は、彼に尽くすことが純粋に佐和子の幸せだった。セックスとは相手の男を悦ばせるためのものだった。

が、何度も抱かれるうちに、少しずつ女体がセックスの味を覚えていく。いつしか佐和子の方が彼以上に肉悦を求めるようになった。イチモツをしゃぶることすら、自らの身体に火をつけ、官能を高ぶらせる行為となった。

(あの人がいない間、ずっとオナニーで我慢してきたけど)

指やオモチャなどでは、やはり本物のセックスの愉悦には遠く及ばない。太一とのセックスで、改めてそのことを思い知らされた。

一度イッたことで女壺は暖機運転を終え、膣壁が擦れるたび、ペニスの先端が膣底に突き刺さるたび、先ほど以上の快感が駆け抜ける。

（たまらない。頭がバカになっちゃいそうっ）

無意識のうち、嵌め腰がどんどん加速していった。卑猥なスクワットに全身から汗が噴き出し、爆乳が上下に躍動する。

蜜壺が激しく掻き混ぜられ、抽送音が変わっていった。

チュボ、ズボボッ、ブーッ、ブボボボッ！

（なんてはしたない音……ああ、恥ずかしい。けど、腰が止まらないわ……）

太一が驚きの目で、音の発生源を、佐和子の股ぐらを見つめている。佐和子は羞恥の炎に身を焦がしながら、なおも熟腰を振り続けた。

佐和子の膣は奥に行くほど狭くなっていて、激しく肉棒を送り込むと、膣内に入り込んだ空気が奥から押し出され、結合部の隙間から漏れ出す。それでオナラのような音が鳴るのだ。

しかし、ただ恥ずかしい音がするだけではない。

「う、うああっ……オマ×コが、チ×ポに吸いつく……！」

太一が悲鳴を上げた。膣内の空気が抜ければ、奥の方が真空に近くなる。その状態でペニスを引き抜こうとすると、亀頭や雁首が強烈に引っ張られるのだった。

夫が言うには、これもまた名器の一種で、なんでも〝蛸壺〟というらしい。つまり佐和子は、カズノコ天井と蛸壺という、ダブル名器の持ち主だった。

「ああっ……さ、佐和子さん、もう少しゆっくりと、スピードを落として」

握り拳を震わせ、切羽詰まった声で太一が訴えてくる。

だが、佐和子はイヤイヤと首を振った。

「太一さんのオチ×チン、とっても気持ちいいんです。ゆっくりとなんて……あ、あ、そんな意地悪、言わないでください。イキたくなったら、いつでもイッていただいて構いませんから……！」

太一のことを優先するとの誓いも忘れて、佐和子は嵌め狂う。蹲踞《そんきょ》の姿勢で腰を弾ませ、ダラダラとよだれを垂らす下の口で若勃起をしゃぶり倒した。

カズノコの如き粒々が、雁首を、裏筋を、ペニスのあらゆる急所を擦り立てる。

膣奥の媚肉が、蛸の吸盤の如く亀頭に張りつき、逃がさないとばかりに吸引する。

額に玉の汗を浮かべ、苦悶の表情を浮かべていた太一は、腰の戦慄きをみるみる全身に広げ、ついに三度目の絶頂を迎えた。

「あ、あっ、もう駄目ですっ……もううっ、ウグウウーッ!!」

「あうぅん、出てる、出てます！　凄いわ、まだこんなにいっぱいっ……はうぅ、イクッ、ほふううゥンッ！」

膣底に当たるザーメンの勢いで、佐和子も高みに登る。

しかし軽くアクメしただけで、熟れ女の情火は鎮まるどころか、ますます火勢を盛らせた。

一方、いくら太一が若いといえど、三回の大量発射はさすがに応えたようで、肉棒が若干威勢を失う。佐和子は結合を解くと、彼の股間に顔を埋め、牡と牝の粘液にまみれたペニスを躊躇《ちゆうちよ》なく舐めしゃぶった。ねっとりと舌に絡みつく塩味と苦味、そしてツーンと鼻に抜ける青臭さに官能を狂わせながら。

太一は、それをただのお掃除フェラだと思っていたのだろう。どんどん過激になっていく舌技に、目を見開いて戸惑う。

「え……ちょっ……さ、佐和子さんっ？　あ、ああっ、ウウゥ！」

得意のバキュームフェラで、卑猥な吸引音を部屋中に響かせて、佐和子は容赦なくペニスを責め立てた。五年ぶりのセックスの快感が、色狂いの本性を目覚めさせ、もはや彼を気遣う気持ちも忘れかけている。

肉棒がフル勃起の力感を取り戻すと、すぐさま佐和子は、四つん這いのまま彼に向かって桃尻を突き出し、挿入を促した。

「さあ、太一さん、今度はこの体位でっ」

「は……はいっ」

顔に疲労の色を浮かべながらも、太一は復活したペニスを女壺に差し込み、佐和子の腰を鷲づかみにしてピストンを始める。

後背位になったことで膣路へのペニスの当たり具合が変わり、正常位や騎乗位のときとはまた異なる嵌め心地に、佐和子は酔いしれた。

「ひいいっ、オチ×ポ、いいっ！　太一さんのオチ×ポ、ほんとに素敵いぃ！」

自らも前後に腰を振り、牡肉と牝肉の摩擦を、衝突を、さらに激しくさせる。

パンッパンッパーンッと豊臀を打ち据える音が響くなか、太一が驚きの声を上げた。

「佐和子さんが〝オチ×ポ〟だなんて……実はとってもスケベな人だったんですね……！」

「はう、あうっ……そ、そうなんです。私、物凄くイヤらしい女なんです。ん、んほぉぉ……ごめんなさい、嫌いになりましたか？」

「いいえ、とんでもないっ」太一は力強く答える。「エロい佐和子さん……大好きです！」

その言葉は、寂しい夜を送り続けた人妻に格別の多幸感をもたらした。

（ああっ、太一さんが私のことを大好きだって……嬉しいっ！）

女体が歓びに打ち震え、芯から燃え上がる。その直後、先ほど以上のアクメの大波が迫ってきた。

「あひぃぃ、太一さん、私、イキます！　嬉しくって、イクッ、イクううぅーッ!!」

遠吠えする犬の如く背筋を仰け反らし、あまりの快感に意識を遠のかせる。

しかし、なおも続く抽送が、子宮の入り口への肉拳の乱打が、佐和子の意識を強引に呼び戻した。

「佐和子さん、僕も、もう少しで、イキますっ！」

絶頂を極めたばかりの敏感な肉壺が、いっそう激しさを増したピストンで引っ掻き回される。しばしの間、佐和子は声も上げられず、呼吸すらままならなかった。

「ひっ……う……んぎいっ！　ん、ん、んおほおっ！　ああっ……ヒイイーッ！」

苦痛にも似た激悦に貫《つらぬ》かれ、それでも気を失うことを許されず、まるで拷問のように女体は責め苛まれる。

が、先ほど太一が「もう少しゆっくり」とお願いしてきたとき、佐和子はそれを却下したのだ。今さら自分が「やめて」とは言えない。

いや——言う必要もなかった。

気も狂わんばかりの快感を、佐和子は貪欲に味わう。

太一のラストスパートの嵌め腰で、ちぎれんばかりに揺れる乳房。佐和子の両腕が力を失い、次第に上半身が下がっていくと、振り子の如く揺れる乳首が敷き布団に擦りつけられた。それすら悦びとして、未体験の快感に続く階段を上っていく。

「ううう っ……イキます、佐和子さん……で、出るっ……！」

「出してください、私のアソコ……オマ×コに！　太一さんのオチ×ポ汁で、オマ×コ、いっぱいにしてください！　子宮の中まで、溢れるくらい注ぎ込んでッ！」

激しく揺れる視界。ふと気がつくと、壁際の姿見に自分の姿が映っていた。随喜の涙とよだれと汗でグチョグチョになった、年増女のみっともない顔——。

太一も姿見に気づいているかもしれない。が、理性が蕩け、色情に支配された今の佐和子は、少しも気にならなかった。まさに淫乱という猥褻《わいせつ》な笑みのアヘ面《づら》を、思う存分、露わにする。

「お、おっ……おぉ、おほおぉ！　凄いのクルッ、クルウゥ、あぁぁ、イッちゃいます！　太一さんも、来て、イイッ、一緒につ……ひっ、ひっ、イックううッ!!」

かつてないオルガスムスの大渦に呑み込まれ、全身がバラバラになりそうな感覚に佐和子は襲われた。

カクンと肘が折れ、胸から敷き布団に突っ伏す。そしてほぼ同時に、

「佐和子さん！　佐和子さん！　くおぉ、チ×ポが吸い込まれっ……うぐううぅ!!」

太一も頂点に達した。内臓を穿つような最後の一突きを繰り出し、やや水気を増したザーメンを女体の最深部にぶちまける。

錯覚かもしれないが、佐和子は、大量の牡汁が子宮に流れ込んでくるのを感じた。

その瞬間、アクメを迎えたまま次のアクメが、絶頂を超える絶頂が始まる。身体が空高く舞い上がるような、それでいてどこまでも落ちていくような感覚――。

「ヒイイッ……ングウウウゥーッ!!」

叫び終わると、電灯のスイッチを切ったみたいに佐和子は失神した。

4

普段の母性的なイメージとは異なる佐和子の妖艶《ようえん》さに、そして貪欲さに、すっかり圧倒された太一。

しかし、その恋心は少しも薄れなかった。

（優しくて、綺麗で、エロくって……佐和子さん、最高だ）

最後のオルガスムスで気を失った佐和子は、意識を取り戻すや、太一に抱きついてきた。彼女のハグの力強さに、太一は確かな愛を感じた。

脂がたっぷり乗った女体の柔らかさと、汗にまみれてより濃厚になったミルクの匂いを堪能して、太一も彼女を抱き締めた。

その夜はろくに寝られなかった。憧れの女性とついに繋がることができたのだから。

だが――

翌日、いつものようにクールベに行くと、佐和子が妙によそよそしい。

他に客はいなかった。戸惑いながら太一は佐和子に話しかける。

すると、こちらの言葉を遮るように彼女は言った。

「昨日は、誰かとセックスがしたかっただけです」

唖然とする太一に向かって、佐和子は続ける。

「芦田さんにはまだわからないかもしれないけれど、女にだってそういう日があるんですよ。だから、もし誤解されていたら困るので言っておきますけど……」

あなたに対して、特別な感情はありませんから――

その言葉は、氷のナイフの如く太一の胸を貫いた。

いつもは「太一さん」だったのに、今日は「芦田さん」になっている。そんなことにも気づかないほどのショックだった。膝がガクガクと震えた。

よたよたと椅子から立ち、転びそうになりながらも太一はクールベを飛び出す。信じられなかった。問いただしたかった。が、あれ以上、あの場にいたら、太一はきっと泣いていただろう。そんなみっともない姿を彼女に見られるのは、死んでも嫌だった。

今日は日曜日。平日以上に賑わっている昼過ぎの商店街を、太一は背中を丸めてとぼとぼと歩いていった。

第四章　絡みつく淫妻たち

1

翌日から太一はクールべに行くのをやめた。

最初は、佐和子に裏切られたという気持ちが強かった。

が、太一だって、英理香や美咲とセックスをしている。二人のことはもちろん好きだが、愛しているというわけではない。結局は性欲を満たすためにセックスをしているのだ。

だったら、どうして佐和子を非難できるだろう。

むしろ、想いが通じたと勝手に思い込んでしまった自分が恥ずかしかった。

食事は、すべて近所のコンビニで、おにぎりやパンなどを買って済ませた。そして食事の買い出し以外は、朝から晩までアパートの自室に引き籠もった。もし夏休み中でなかったら、講義もサボっていたかもしれない。

美咲の息子――悠真の家庭教師も、体調が悪いことにして、一回は休みにしてもらった。だが、その後の電話で悠真がとてもがっかりしていたと聞かされると、太一も胸が痛み、その次の回も休みにしてほしいとは言えなかった。

その週の金曜日、やむを得ず美咲の家へ向かう。あまり気が進まなかったが、太一が来たことに喜ぶ悠真を見ていると、少し気持ちが楽になった。

午後三時半に家庭教師の時間が終わり、二階の悠真の部屋から下りていくと、

「え……どうして？」

太一は戸惑った。リビングのソファーに英理香が座っていたのだ。

「美咲と私は友達なんだから、クールベで会う以外にも、相手の家に遊びに行くことだってあるわ」

そう言ってから、英理香は肩をすくめて苦笑する。

「……嘘よ。本当はあなたに会いに来たの」

美咲が英理香に電話をして、太一が家庭教師をしに来ていることを伝えたのだそうだ。英理香はすっくと立ち上がり、太一の目の前に来る。

「さあ、行くわよ」

英理香に腕をつかまれ、美咲の家から引っ張り出される。英理香の車が玄関ポーチの手前のスペースに停められていて、太一は後部座席に押し込められた。

「それじゃあ悠真、あたしもちょっと出かけてくるわね」

息子にそう告げて、美咲も後部座席に乗り込んでくる。

車が発進すると、運転しながら英理香が早速尋ねてきた。

「もう一週間近くもクールべに来てないじゃない。どうかしたの？」

「べ……別に、なんでもないです」

佐和子に振られた話などしたくはない。太一は視線を車窓に逸らして黙った。

しかし、英理香の追及は止まらない。「なんでもないなら、どうして？　佐和子さん目当てに毎日通っていたあなたが、なんで急に？」

「太一くん、佐和子さんとなにかあったの？」

隣に座る美咲が、太一の顔をじっと覗き込んできた。

「もしかして……セックスしちゃった？」

女の勘とはこれほど鋭いものかと、太一は度肝《どぎも》を抜かれる。

「えっ……な、なんで……!?」

まさかセックスのことまで言い当てられるとは思っておらず、両目を剥いて美咲を見つめ返した。すると、

「え……嘘、ほんとにセックスしちゃったの？」

美咲も目を丸くする。どうやら、冗談半分で軽く鎌をかけただけだったらしい。太一はあっさりとそれにひっかかってしまったのだ。

「……ふぅん、そうだったの」

後ろを振り返ることなく、英理香が尋ねてくる。その口調は、さながら尋問のようだった。「先週の土曜日、クールベが突然お休みしていたわね。あのとき？」

英理香と美咲はあの日、店の前まで来ていたそうだ。定休日でもないのに〝CLOSED〟のプレートが下げられていたので、二人で訝《いぶか》しく思ったという。

もはや誤魔化しは不可能と悟り、太一はうなだれるように頷いた。「は……はい」

英理香は重ねて尋ねてくる。「それで……セックスまでしたのに、どうしてクールベに来なくなってしまったのかしら？　佐和子さんに顔を合わせられないようなことでもしてしまったの？」

美咲が疑いの眼差しで、前のめりに迫ってきた。「まさか、無理矢理レイプしちゃったんじゃないわよね？」

「ち、違いますっ！」

　太一は観念して、二人にすべてを話した。アイスコーヒーをひっくり返した佐和子がフェラチオをしてくれたこと。彼女の寝室で交わったこと。そしてその翌日、遊びのセックスだったと言われたことも——。

　それを聞いた美咲は、眉根を寄せて首を傾げる。

「じゃあ佐和子さん、太一くんを振っちゃったの？　なんか信じられないわぁ」

「ど……どうしてですか？」

「だって佐和子さんは太一くんに絶対脈ありだと思ってたから。ねえ、英理香さん」

「ええ、そうね」と、英理香も同意した。

「佐和子さんが、僕のことを……？」

　にわかには信じられない話である。しかし、二人が言うには——太一がクールベに行くのをやめてから、佐和子はとても落ち込んでいるそうだ。

　すっかり元気がなくなり、ときおり上の空のようになっては、太一がよく使っていたテーブルをじっと見つめるのだという。

　表情からは笑顔が消え、まるで具合でも悪いかのように、いつもうなだれている。客から心配されると、そのときだけは笑ってみせるのだが、それがいかにも無理をしている引き攣った笑顔で、むしろ気の毒に思えてくるそうである。

「あれはやっぱり、太一がクールベに来なくなったのが原因だと思うわ」と、英理香は言った。「そして、遊びのセックスをした相手が来なくなったからって、あんなに落ち込んだりはしないでしょうね」

じゃあどうして？　と、太一は途方に暮れる。

彼女が太一に好意を持っているのだとしたら、なぜ「あなたに対して、特別な感情はありません」などと言ったのか。わけがわからない。

そうこうしているうちに、車は、英理香の住むタワーマンションに到着した。

地下の駐車場に車を停め、エンジンを切ると、英理香が後部座席を振り返る。

「太一は、本気で佐和子さんが好きなのかしら？」

真剣に尋ねてきているのがわかる、真っ直ぐな眼差しだった。

太一は——英理香を見つめ返して、はっきりと頷く。

この数日間、昼も夜も佐和子のことばかり考えていた。もう忘れてしまえと自分に言い聞かせても、やはり脳裏に蘇ってしまう。あの微笑みが、甘い声が、優しさが、そして豊艶な女体が——。

今でも太一は、どうしようもなく、佐和子のことが好きなのだ。

吊り上がった瞳で見据えてくる英理香。「佐和子さんは人妻なのよ。それをわかったうえで、彼女の恋人になりたいと思う？」

「佐和子さんにまったくその気がないのなら、無理に交際を求めて、迷惑をかけるようなことはしたくないです。でも、もし違うのなら……たとえ不倫でも、僕は、佐和子さんの彼氏になりたいです」

世間的には間違ったことなのだろう。だが、それが太一の偽《いつわ》らざる気持ちだった。

すると英理香は、にっこりと顔をほころばせる。

「わかったわ。だったら私が力を貸してあげる」

「あたしも、あたしもっ」美咲も喜んで協力するという。

「あ……ありがとうございますっ」

シートベルトを外しながら英理香は言った。「その代わり、太一にも頑張ってもらうわよ」

「はい、もちろんっ」希望の光が見えて、太一は目を輝かせる。「僕にできることならなんでもします！」

「ふふふっ、それじゃあ、まずは私のうちに行きましょう」

駐車場からエレベーターに乗り、いったんエントランスホールへ移動。そこから別のエレベーターで二十三階まで一気に上がって英理香の住む部屋へ。

英理香の娘は今日も外出中だった。友達と映画を観に行っているという。

生活感があまり感じられないほど綺麗に整っている、広々としたリビングダイニング。壁一面の窓の向こうは、まぶしく輝く夏の青空と白い雲。

何度来ても太一は緊張し、そしてワクワクした。自分の日常とは切り離された、まるで別世界のような場所である。

下を覗き込み、空撮映像のような町並みから喫茶クールベを探し出した。あそこに佐和子さんがいる。僕が来ないことを本当に寂しく思ってくれているのだろうか？

そんなことを考えていると、後ろから英理香に声をかけられる。

「さあ、太一も早く脱いでちょうだい」

「……え？」

振り返ると英理香が、いや美咲まで、服を脱ぎ捨て、肌を露わにしていた。

二人ともちょうどブラジャーを外したところで、乳首がツンと上を向いている英理香の美乳と、大きなメロンほどもある美咲の巨乳があからさまになっている。

「英理香さんの身体、相変わらず綺麗ですね。オッパイも全然崩れてないし……はぁ、羨ましいわぁ」

「あら、あなたのオッパイだって、大して崩れてはいないじゃない。でも、まだ若いからよ。ちゃんとエクササイズしてる？　私はＤカップだけど、三日に一度はジムでベンチプレスしているんだから」

楽しげに語らいながらパンティも脱いで、二人とも一糸まとわぬ姿となった。女らしく肉づきながら、芸術的にシェイプアップされた英理香の裸体。そして美咲の、Ｇカップの巨乳を誇る、二十代の瑞々しい身体。

(二人とも、なんで裸に……!?)

太一は呆気に取られていたが、男の本能でつい見つめてしまう。

すると、美ボディを揺らしてファッションモデルのように歩き、英理香が近づいてきた。

「どうしたの、太一？　ああ、もしかして脱がせてほしいのかしら？　ふふふっ、甘えん坊さんね」

英理香の手が、太一のＴシャツの裾をつかむ。美咲もやってきて、こちらに断りもなくジーパンのボタンを外し、ファスナーに手をかけた。

「ちょ、ちょっと、二人とも……僕と佐和子さんの仲を取り持ってくれるんですよね？　そのための話をしに来たんじゃないんですかっ？」

「話なんて後よ。まずはセックスをしてもらわないと。ねえ、美咲」

「はい、英理香さん。さっき、なんでもするって言ったわよね、太一くぅん？」

英理香も美咲も、すっかり発情した牝の顔になっていた。

太一が落ち込んでいた五日ほどの間、二人とも交悦をお預けにされて、悶々と過ごしていたらしい。

(最初からセックスをするつもりで、僕をここへ連れてきたのか……？)

だが、そうだとしても拒否するつもりはなかった。

昨日までは、とても性行為をする気分ではなかったが、二人の人妻が協力を約束してくれた今、かなり心が楽になっていたのだ。

落ち込んでいた間は、当然オナニーもしていない。その間にたっぷりと溜まった性欲が、熱い血流となり、勢い良く股間へ流れ込んでいく。

女たちに丸裸にされた太一は、鈍い痛みを覚えるほどペニスを怒張させていた。

すぐそばに大きな窓があるが、二十三階のこの部屋を覗くことができるような高層建築物は周りにない。心置きなく若勃起を盛らせた。

「す、凄いわ。今まで見たなかで、今日のオチ×チンが一番逞しいかも……！」

目を見張る英理香。美咲は、肉棒に顔を近づけてクンクンと鼻を鳴らす。

「はぁあん、太一くんのオチ×チン、なんだか今日は一段と匂いが濃いような……とってもエッチな匂いがするわ。嗅いでるだけでアソコがジンジンしてきちゃうぅ」

アパートに引き籠もっていた間は、風呂に入る気力も湧かなかったが、さすがに昨夜は、翌日の家庭教師のためにシャワーだけ浴びていた。

ただ、洗い方も少々雑だったので、匂いが濃いのはそのせいかもしれない。しかし、女たちはむしろ悦んでいた。亀頭や雁首に鼻先をくっつけて、うっとりと嗅ぎ耽る。

そして、どちらともなくペロリペロリと陰茎を舐め始めた。

右と左から、二人の舌がそれぞれに幹を舐め上げる。雁首を経て、亀頭に舌を絡みつければ、二つの舌が触れ合い、擦れ合った。

「ああぁん、んん……れろ、れろぉ」

「ふぅん、うぅん、れろれろ……ちゅむぅ」

二人の人妻は、発情しすぎて理性が薄れているのか、互いの舌が当たっても、少しも嫌がらずに舌舐めずりを続ける。

やがては舌だけでなく、唇まで接触した。ペニスを挟んで、女同士でキスをしているようだった。あまりに淫靡な光景と、数日ぶりの肉悦に、太一は瞬く間に限界を迎える。

「あ、あっ！　ごめんなさい、イキますっ……クウウウッ!!」

数日ぶりの射精は、めまいがするほどの快感をもたらした。勢いも凄まじく、ザーメンは流星の如く尾を引いて、およそ三メートルも飛んだ。

そして、ソファーの前のラグマットに降り注ぐ。いわずもがな、噴出は一度では終わらなかったが、素早く英理香が亀頭を咥え込み、残りの白濁液は彼女の口内で受け止められた。

「あぅん……あたしも太一くんの精液、飲みたいんですけどぉ」

美咲が、羨ましそうに英理香を見つめる。

しかし英理香は、ザーメンをすべて飲み干すまで、肉棒を決して放そうとはしなかった。

2

ラグマットはこの部屋にふさわしく、かなり高級そうなものだったので、太一は汚してしまったことを謝る。が、英理香は少しも怒っていなかった。白濁液をティッシュで拭き取り、消臭スプレーをかけて手早く後始末をすると、

「さあ、それじゃあ続きをしましょう。せっかくの3Pなんだから、いつもとは違うことがしたいわね。そうだわ、昨日、いいものが届いたんだった」

英理香の提案で、バスルームに移動する。

これまでに太一も何度か使わせてもらったバスルームだ。壁も浴槽も大理石で造られていて、シャワーヘッドや蛇口はおろか、シャンプーやボディソープのボトルを置くバスラックまでもがお洒落な高級感を漂わせていた。

バスルームでのセックスということで、女たちは一応、髪の毛をヘアゴムでまとめる。うなじを覗かせた髪型は、いつも以上に官能的な大人の魅力で太一をときめかせた。

英理香は洗面脱衣所のキャビネットを開け、中から一本のボトルを取り出す。

「ふふふっ、太一に使ってあげようと思って、ネットで注文したのよ」

それはローションのボトルだった。それと、柔らかい網をボール状に丸めたものを手にして、バスルームに入ってくる。

太一は尋ねた。「なんですか、その……網のボールは？」

「これはシャワーボールよ。ボディソープなんかを泡立てるための道具ね」

英理香は、いわゆるソーププレイをやってくれるという。太一を悦ばせるために、やり方をネットでいろいろ調べたそうだ。

まずは洗面器に軽く湯を注ぎ、ローションを入れて両手でくるくると掻き混ぜる。とろみのついた液体が出来たら、そこにボディソープを投入し、例のシャワーボールを使って泡立てた。昨日の夜、ネットのハウツー動画を観ながら練習したそうで、なかなか手際はいい。

液体の中でシャワーボールを揉むようにすると、さほど時間もかからずに、生クリームのような泡の塊が出来上がった。

「うん、上手く出来たわ。ほぅら太一、これが泡ローションよ。それじゃあ、これを私たちに塗ってちょうだい」

「え、僕じゃなくて、お二人に塗るんですか？」

「ええ、そうよ。さあ、早くして。せっかくの泡が崩れちゃうわ」

急《せ》かされた太一は、いそいそと洗面器から泡ローションを取り、二人の女体に両手で塗りつけていく。ふわふわの泡の塊は滑り落ちることなく、女体の隅々に絡みついていった。

もちろん、ただ塗るだけでは面白くない。二人の双乳を泡まみれにしながら、いっぱいに広げた掌で、思う存分に撫でては揉みほぐす。ローションが混ざっているおかげか、ただの泡よりも強いぬめりを感じた。

英理香の美乳はやはり弾力性が素晴らしく、掌の中を泡で滑って、ニュルリ、ニュルリと逃げ回る。

美咲の方は、なめらかな若い乳肌が、指と指の股にまで吸いついてきて、こねるように撫で回すとゾクゾクするほどの摩擦感が生じた。硬くなった乳首の感触もアクセントとなって実に心地良い。

「あぅん……ふふふっ、いい感じよ。エステサロンでオイルマッサージをしてもらってるみたい」

「はふぅ、あうぅ……あ、あ、そう、もっと乳首いじって……くううっ、ヌルヌルした指が気持ちいいわぁ」

とりあえず二人の身体の前面を泡で包み込むと、彼女たちは目顔で通じ合い、前から後ろからいっせいに抱きついてきた。ぴったりと密着されて、女体の柔らかさを身体中で感じる。

二人は妖しく身をくねらせ、乳房をスポンジ代わりにして、泡ローションのぬめりで太一の胸板や背中を擦ってきた。

(これがソーププレイか。オッパイが肌を滑る感触がたまらない……！)

二人の乳肉の感触の違いをその身で味わいながら、太一は淫らな洗体奉仕を愉しんだ。コリコリと硬く充血した乳首を擦りつけられると、くすぐったい愉悦に思わず背中をよじらせてしまう。

乳スポンジは、太一の身体を滑りながらだんだんと下がっていき、

「ふふふっ、さあ、ここは特に念入りに洗わないといけないわねぇ」

英理香は、双乳の狭間に泡ローションを補充して、そそり立つ肉棒をムニュッと挟み込んだ。

そして両手で肉房を中央に寄せ、ペニスを圧迫しながら上下に躍らせる。ぬめる乳肉がペニスに吸いつき、雁首の凹凸や幹を柔らかに撫で擦った。

人生初のパイズリに太一は腰を震わせる。「お……おううっ……！」

「あ、ああっ、あたしもそれ、したいですっ」

背中側の美咲が羨ましげに声を上げた。太一はその場でくるり、くるりと向きを変え、二人の乳奉仕を交互に受けることにする。

張りのある英理香の乳房は、強い乳圧でペニスを擦った。

一方、美咲の乳房は、Ｇカップの包容力で、すっぽりと包み込まれるような心地良さをもたらしてくれる。

どちらのパイズリも素晴らしかったが、フェラチオにも匹敵するこの愉悦は、やはり泡ローションの効果があってこそだろう。ぬめりを得た乳房が、ここまで優れた愛撫器官になるとは、ＡＶなどの情報だけでは想像もできなかった。

ペニスは呆気なく高まり、本日二度目の射精をうかがわせる。それを告げると、英理香も美咲も、自分のパイズリのときに射精してと求めてきた。

「お願い、太一、私にかけて、思いっ切り……！」

「あぁん、太一くん、英理香さんでイカないで。あたしのときまで我慢してっ」

およそ十秒置きに太一はくるくると反転し、美乳と巨乳のパイズリを代わる代わる受けていく。二人の媚声と、ヌッチョヌッチョ、ニュプッニュププッという粘っこい摩擦音が、バスルーム内に反響した。

「さ、さ、太一くん、出してっ。さっきは英理香さんのお口に射精したでしょう？今度はあたし、ね？　ほらほら、ほらぁ」

「もう、美咲ったら、ここは私のうちなんだから、少しは遠慮しなさいよぉ。ねえ太一、まだイカないでね？　私にちょうだい。私の顔を、青臭いザーメンでドロドロにしてぇ」

太一にはどちらを選ぶこともできない。込み上げる射精感にすべてを託した。

裏筋が引き攣り、尿道口から多量の我慢汁を吹きこぼし、ついに限界を迎える。

「うおっ、おおおっ、で、出るウゥ!!」

噴き出した精液は、美咲の顔面を白く染めた。美咲は口を大きく開けてザーメンを受け止めようとしたが、ほとんどは額や、頰や、鼻などにぶちまけられる。

「あうぅん、凄くいっぱい……顔が重たくなっちゃう」

白濁液まみれの顔で美咲は嬉しそうに微笑み、口元に垂れてきたものを舌を伸ばしてペロリ、ペロリと舐め取った。

英理香は恨めしげな表情で、美咲の顔に張りついたザーメンを何度も指ですくい取り、チュパチュパとしゃぶる。

(そんなに精液が好きなのか？　二人とも、ほんとにエロいなぁ)

人妻たちの猥褻な貪欲さに圧倒される太一。とはいえ、こちらも肉欲をみなぎらせた、やりたい盛りの年頃である。スケベ心では負けていない。

英理香と美咲に立ち上がってもらうと、泡ローションを改めて手に取り、先ほどは後回しにしていた、二人の女陰に塗りつけていった。

花弁のビラビラを伸ばして裏も表も泡で擦り、肉のカバーを剝いてクリトリスも丹念に磨き上げる。

「あううっ……い、いいわ、上手よ……そ、そう、おっ、おほうっ」

「ひぃぃんっ！　た、太一くん、優しく洗ってね……あ、ああっ、そんな、クリの付け根までぇ」

割れ目の隅々まで泡をなすりつけた後は、シャワーで洗い流した。ずる剝けのクリトリスにもしっかりと水流を当てれば、女たちは膝を震わせて身悶える。

せっかく綺麗にしたのに、膣穴から溢れた恥蜜がすぐさま割れ目をぬめらせた。シャワーが終わると、女たちは瞳に情火を宿してセックスを求めてくる。どちらも順番を譲《ゆず》る気はなかった。無論、太一に決められるわけもないので、ジャンケンをしてもらう。その結果、英理香から相手をすることとなった。

がっかりしている美咲を見て、太一は考える。

「英理香さん、したい体位があるんですけど、いいですか？」

「ええ、もちろん構わないわ」と、英理香は快く承知してくれる。

太一は腰を下ろして正座をし、向かい合って交わる対面座位を提案した。床はクッションの効いた素材で出来ているので、正座をしても脚が痛くならない。

「それじゃあ、いくわよ……んっ……くぅぅ、入ってきた、きたぁぁ……！　このオチ×チンが欲しくて、この数日、頭がおかしくなりそうだったのよぉ」

英理香は色に狂った牝の顔で、そそり立つ肉棒をズブズブと挿入していった。シャワーの湯を浴びて女陰の血行が良くなったのか、いつにも増して熱い膣肉が、ペニスを先から順に包み込んでいく。

太一の膝の上に着座し、巨砲の先端が膣底にめり込むと、英理香は、それだけで軽いアクメに達したのか、「んひいッ」と喉を晒して仰け反った。

小刻みに女体を震わせ――やがて呼吸を整えてから、両腕を太一の首へ巻きつけて、嵌め腰を弾ませ始める。

「おおぅ……」穏やかな摩擦快感に、太一は溜め息を漏らした。

英理香の膣壁は、美咲や佐和子よりもずっと柔らかい。三人の女たちの中で、英理香だけが出産を経験しているので、もしかしたらそれも膣の肉質に影響しているのかもしれなかった。

締まりは多少控えめだが、雁のくびれにまでぴったりと吸いついてくる膣肉の柔軟性は、実にほっとする、落ち着いた愉悦を与えてくれる。

（ああ、気持ちいい。昨日まではセックスをする気分なんて全然なかったけど……）

ほんの数日の間とはいえ、こんな気持ちのいい行為から離れていたことに、自分のことながら驚きを覚えた。

つまり、それほど落ち込んでいたということだろう。

逆に、性欲が戻ってきた今は、快感を得ることでみるみる心が晴れやかになっていく。果ては、希望が胸を満たした。佐和子とのことも、きっと上手くいくに違いないという気持ちになった。

「ふうっ、おうっ……あ、あうぅん、太一のオチ×チン……なんだか今まで以上に大きくなっているみたいだわ……くうぅ、アソコのお肉が、オチ×チンの形に押し広げられてるうぅ」

美魔女の有閑マダムが、磨き抜かれた女体を躍動させ、若牡の膝の上ではしたなく悶え啼く。美臀が弾《はず》み、ペッタンペッタンと、餅をつくような音が鳴り響く。

それを羨ましげに、悩ましげに眺めながら、自ら巨乳を揉みしだき、乳首をつまんで、こねて、太腿を擦り合わせている美咲。

太一は「美咲さん、来てください」と呼びかけた。

対面座位を希望したのは、両手が空くからだった。近くに寄ってきた美咲へ片手を伸ばし、濡れた秘唇に指を潜り込ませた。

「あ、あんっ、嬉しい、太一くぅん。入れて、指、ジュポジュポしてぇぇ」

人差し指と中指を膣壺に挿入し、Ｇスポットを引っ掻くようにしながら抽送すると、美咲は太一の腕にしがみついて腰を戦慄かせた。

「はふうっ！　はぁ……あっ、あぁ、そこ、そこよぉ……太一くん、指でするの、ほんとに上手になったわぁ……けど、ああん、指でイキたくない、英理香さん、早く代わってえぇ……！」

嫌なら指を抜けばいいのに、美咲は、性の愉悦に囚われた顔でますます太一の腕にすがりつき、ムギュギューッと巨乳を押しつけてくる。

指マンに乱れる美咲を見ているうち、太一はふと思い出した。

（そういえば、英理香さんはお尻の穴が弱いんだっけ）

もう片方の空いている手で、上下に跳ね続けている双臀の谷間を撫でる。皺を寄せた窪みに指先が触れると、英理香は電気ショックを受けたみたいに痙攣した。

「あひいっ！　そ、そこは……今は駄目、駄目なのっ……おうぅ、み、美咲がいるからぁ……！」

アヌスが急所であることを美咲に知られたくない様子である。アブノーマルな肉悦に狂う女だとバレては、年上としての面子《めんつ》が潰れると思っているのかもしれない。

しかし、そんな英理香の態度が、太一の嗜虐心を呼び覚ました。

英理香の菊座からいったん指を離すと、美咲に頼んで、その指に先ほどのローションをたっぷりと塗りつけてもらう。

　再び肛門に触れて、ローションまみれの指でねっとりと撫で回した。そして一息に第二関節までねじ込む。

「んおぉうっ！　だ、駄目っていったのにぃ……おほぉ、う、動かさないでぇ！」

「そんなこと言っても気持ちいいんでしょう？　ほら、ほら」

「イヤあぁ、抜き差ししないでぇ。あう、あうっ、あおっ、おぉおうっ……！」

　ローションのおかげでかなりスムーズに抽送できた。ヌプッヌプッと肛門の裏側を指で擦れば、英理香はセレブらしからぬ卑猥なアヘ顔で、獣の如き唸り声を上げる。

　美咲は、驚きの表情で英理香を見つめていた。

　が、しばらくすると悪戯っぽい笑みを浮かべる。

「へぇ……英理香さん、アナルが好きだったんですねぇ。意外です」

「ああっ、み、見ないで、美咲……ん、んおぉ……うぐううっ……！」

「英理香さん、腰が止まってますよ。美咲さんが待っているんだから、頑張ってください」

　英理香は美貌を苦悩に歪めるが、結局は嵌め腰を再開した。どんなに恥ずかしくても、この若勃起がもたらすセックスの愉悦を手放せなかったのだろう。

先ほど以上に抽送は加速し、張りついた柔膣が、ペニスのあらゆる性感ポイントをいっせいに摩擦する。

肛穴に差し込んだ指で、膣側の腸壁に触れると、ピストンの感触が生々しく伝わってきた。ペニスの方でも指の存在を感じ、さらに刺激的な嵌め心地となる。太一は射精感を募らせていった。

「あんっ、おほっ、いいっ、いいわ、お尻の穴、凄くいひぃ……！　もっと、もっとしてぇ、ズボズボしてぇぇ！」

英理香の方も、二本差しの肉悦に溺れ、もはや美咲の視線など忘れてしまったように嵌め狂った。太一の顔のすぐ前で、形良い双乳がちぎれんばかりに乱舞する。

「お尻も、オマ×コも……気持ちいいっ！　イッちゃうわ、あぁ、もう、おうぅ、イッちゃううっ」

太一も限界を間近にして、片方の手では英理香のアヌスを、もう片方の手では美咲の膣穴をズボズボと掘り返しまくった。Gスポットを掻きむしることで、美咲もまた絶頂を迎えんとする。

「んひぃぃ！　イヤ、イヤァ、指でイッちゃうぅ！　そんなに、そこぉ……されたら、くううっ、出ちゃううぅ！」

最初に気をやったのは、二穴責めに乱れまくっていた英理香だった。両方の穴を、特にアヌスの方は指が動かせなくなるほどきつく収縮させる。太一の首に回していた腕で力強く抱きつき、仰け反り、ビクンビクンッと全身を戦慄かせる。

その直後、美咲も達した。悲鳴の如き淫声を響かせるや、ピュッ、ピュピュッと、尿道口から潮を噴く。

「おほぉおうっ！　前と後ろでイクイクッ……イッ……んんぐうぅ!!」

「いやあぁ、イクッ、出る、出るーッ!!　ひゃううぅんッ！」

そして太一も絶頂に至った。アクメを迎えた熟壺の狂おしげな律動と、掌に当たる潮水の生温かさを感じながら、勢い良くザーメンを噴き上げる。

「ううーッ！　くっ……んおおおぉ!!」

これで本日三度目だったが、なおも精液はコンデンスミルクのように濃厚だった。そして少しも量を減らさず、射精の発作は長く続いた。

やがて女たちの身体がぐったりと力を失うと、太一は女陰から指を抜き、ペニスを抜く。いつもなら、三回も射精をすれば少しは心が落ち着いてくるものだが、

（まだまだ……もっとやりたい……！）

抑え込んでいたものが解放されたかの如く、性欲は未だ荒ぶり、イチモツは隆々と

してそびえていた。

3

「お待たせしました。次は美咲さんの番ですよ」

太一は、ハァハァと荒い呼吸を繰り返す美咲の両膝をつかみ、左右に大きく広げさせる。ペニスの根元に指を添え、膝立ちの格好で彼女の股ぐらににじり寄った。

「え……待って、少し休ませ……ひいいっ」

美咲の言葉を無視し、ダラダラと肉汁を滴らせている膣口へ剛直を挿入。正常位の体勢ですぐさまピストンを開始する。

締めつけは相変わらずの力強さだった。英理香の優しげな膣壺の後だと、なおさら強烈に感じた。

(美咲さんのオマ×コ、いい感じにほぐれてる……！)

美咲の、やや硬めの膣肉が、指マンのおかげで多少やわらいでいた。おまけに本気汁でたっぷりと濡れているので、思う存分、肉棒を抜き差しできる。

太一は小刻みなピストンで、またもGスポットを重点的に責めた。ザラザラした膣壁を、張り出した雁エラでかんなの如く削ると、美咲は苦悶の表情で女体をくねらせる。

「んぎっ……ひ、ひぃ、くふぅ……イッたばかりなのに、またイッちゃう……また潮噴いちゃうぅ……！」

しかし、容赦なく腰を振る太一。見事な張りの丸々とした巨乳が、細かくプルプルと、まるでゼリーのように震え続けた。

「いいですよ。バスルームだから後始末は簡単です。気にせず、思いっ切り噴いてくださいっ」

挿入が浅いせいで、腰を叩きつけてクリトリスを圧迫することはできない。代わりに右手を美咲の股間へ潜り込ませる。

永久脱毛した恥丘の、ツルツルした触り心地を愉しんでから、剝き身の肉真珠を親指で撫で回した。指の腹にコリコリとした感触が伝わってくる。

「んいーっ！　クリいひいっ、はっ、はっ、ふぐうぅ……も、もう出ちゃう、出ちゃウウゥウッ」

ブリッジをするように美咲の上体が跳ね上がった。その途端、放尿にも似た勢いで、ピュピュッーッと潮が噴き出す。

「イグイグッ、ヒグゥううッ!!」

指マンのときを超える盛大な噴水が、太一の下腹部に撒き散らされた。

(出たっ……何度見ても興奮するなぁ……!)

英理香は潮吹きをしづらい体質らしく、いくらGスポットを責めても、なかなかこうはならなかった。それだけに、美咲とセックスをするときは、どうしても潮を噴かせたくなってしまう。

太一は、半ば白目を剝いて卑猥なアクメ面を晒している美咲を、満足顔で眺めた。

だがしかし、まだ射精には至っていない。美咲の膝の裏をつかんで押し倒し、女体をマングリ返しに仕立て上げると、彼女に覆い被さって、真上から肉の楔《くさび》を打ち込んだ。

「ふぎィイイイッ!?」美咲は奇声を上げ、まるで往復ビンタを喰らっているかの如く、左右に顔を振り乱す。「ダメェ、ほんとに、お願い、待って、ちょっとだけっ……んほっ、んほぉおっ、おぐうぅ!」

最初は指マン、その次は浅い挿入のGスポット責め――これまで手つかずだった子宮口に、太一はズンッズンッズンッと体重を乗せた連撃を見舞った。

「いーっ、いひーっ! 赦《ゆる》してぇ、あ、あ、頭っ、おかしくなっぢゃうぅ!」

絶頂に次ぐ絶頂が女体を狂わせる。膣壺の痙攣は止まらなくなり、そこだけが別の生き物のように激しくうねり続けた。

「うおぉ、凄い、凄いオマ×コですっ。僕も、も、もうすぐっ！」

弾力性に富んだ若尻に腰をバウンドさせ、太一は猛然と肉棒を轟かせる。

女蜜が膣路から掻き出され、潮水と混ざり合って、肉と肉がぶつかり合うたびにビチャッ、ビチャッと飛び散った。バスルームに満ちた淫臭がさらに濃厚になる。

ビクビクと戦慄き、グネグネと波打つ膣壁で、ペニスの急所を擦られ、揉まれ――ついに太一は精を吐き出した。

「で、出るっ……ン、ンンーッ!!」

「あぁ凄い出てる、まだこんなに出てるゥ、ううっ、うぐぅーッ！」

中出しの愉悦が女体にとどめを刺したのか、美咲が断末魔の叫び声を上げる。

「またイッグぅ！　イグイグッ……シヌぅううッ!!」

以前、彼女が言っていたように、ポルチオへの刺激では潮吹きには至らなかった。

その代わり、絶叫が途絶えるや、糸が切れた操り人形の如く美咲は動かなくなる。

ひっくり返った目玉は涙に濡れ、朱唇の端から泡を垂らし――どうやら気を失ってしまったようだ。

（……ん？）

太一は艶めかしい吐息に気づく。振り返ると、英理香がこちらを見ていた。太一と美咲の苛烈な交尾を、言葉もなく眺めていたようだ。

英理香は唖然としながらも、淫気に頬を火照らせていた。その右手が、己の秘部にそっとあてがわれ、妖しく蠢き続けている。

（そっか……英理香さん、こういう荒々しいのが好きなんだよな）

初めて交わった日から気づいていた。彼女にはレイプ願望があるのだ。

太一は己の股間を覗き込み、肉棒がまだ充分に屹立していることを確認する。四度の射精を経て、獣欲はなおもみなぎる一方。

「英理香さん、バスタブでしませんか？」

「凄いわ、まだできるのね……。でも、ごめんなさい。まだお湯は入れてないの」

「構いませんよ。さあ」

蓋をめくって、二人で空の浴槽に入った。すぐそばの壁一面に大きなガラス窓があるので、ペニスをそそり立てた我が身を外に晒すこととなる。

「開放感が気持ちいいですね。でも、お嬢さんは恥ずかしがったりしませんか？」

「ええ、小学校に上がった頃から……。だから、あの子のためにブラインドを設置したのよ。私は全然使っていないけれど」

英理香も堂々と浴槽の中に立ち、美しき裸体をガラス窓の向こうに晒した。

セックスレスになる前は、ここで夫とセックスしたこともあったという。

「へえ……じゃあ、今でもここでオナニーとかはしてるんじゃないですか？」

半分冗談で尋ねると、英理香は淫らに微笑み、

「ふふふっ、ときどきね。大丈夫だと思ってはいるけど、もしも誰かに覗かれていたらって想像すると、凄く興奮してしまうの。ええ……今もそうよ」

右手で自らの肉溝をなぞり、左手で太一の屹立を妖しく撫でてくる。

思えば初めてセックスをした日、彼女は写真を撮られることに欲情していた。〝見られる〟という行為そのものが彼女を高ぶらせるのかもしれない。

助平な熟妻の手つきに、太一はペニスを脈動させ、鈴口から新たなカウパー腺液をちびらせた。

「そ、それじゃあ……英理香さんはバックが好きですよね？　お尻を向けて、股を広げてください」

「立ったままで？　ええ、わかったわ」

英理香は壁に片手をついて、太一に向かって美臀を突き出した。

もう片方の手を秘唇にやり、人差し指と中指を割れ目に潜り込ませ、Vサインをするように小陰唇を器用に押っ広げる。

ヌチャ、くぱぁ――ドロドロの白い蜜をたたえた大輪の花びら。

実に扇情的な眺めだが、そちらの穴に嵌めるつもりはなかった。太一は手を伸ばし、床に転がっていたローションのボトルを拾い上げる。勢い良く搾り出して、素早くペニスに塗りたくった。

ヌラヌラと濡れ光るそれを、女陰の上にあるもう一つの肉穴にあてがう。

膣穴への挿入を待っていた英理香は、大いに戸惑いながら振り返った。「ええっ……まさか、そっちに入れる気なの？　い、いきなりそんな太いのは無理よ……！」

太一は右手でペニスの根元を支え、左手で女腰を鷲づかみにし、構わず腰を押し進める。先ほど指を挿入したが、やはり太一の巨根では同じようにはいかなかった。

それでも腰に力を入れ続ける。すると、亀頭に押し込まれた珈琲色の蕾《つぼみ》が、観念するように少しずつ口を開いていった。

メリメリと亀頭の先が埋まり、次の瞬間――

張り出した雁エラまで、一気に狭き門を潜る。

「ひぎいっ！　おおぉ、お尻が裂けるぅ……こ、こんな太いの、初めてよぉ！」

英理香は、ガクガクと膝を震わせて苦悶した。

「旦那さんとはお尻でしたことはなかったんですか？　確か、旦那さんのチ×ポも大きいんでしたよね？」

「そ、そうよぉ……。けど、あの人のは、こんなに固いオチ×チンじゃないから、私のお尻の穴は貫けなかったの……お、おぐうぅ、ふううっ……！」

切れ切れに太い息を吐く英理香。彼女が少し落ち着くまで、太一は待ってあげることにする。桃を割るように左右の尻たぶを広げ、結合部をじっくりと眺めた。

（おおぉ、ほんとにお尻の穴にチ×ポが入ってる）

アナルセックス初体験の太一には、なんとも刺激的で倒錯的な光景だった。本来は性器ではない、排泄のための器官に、ペニスの先端が埋まっているのである。

菊の皺はいっぱいに伸び、今にも穴の縁が裂けてしまいそうな有様だった。

もしもローションのぬめりがなかったら、実際にそうなっていたかもしれない。それほど肛門は狭く、膣穴とはまるで違う固い締めつけで雁首に食い込んでくる。

英理香が苦しげに深呼吸をするたび、括約筋《かつやくきん》の門が波状に収縮し、グググッと雁のくびれや裏筋を締め上げてきた。

まだ一擦りもしていないのに、早くも愉悦が湧き上がる。英理香の呼吸はまだ乱れていたが、太一は女尻を両手でがっちりとつかみ、直腸内にさらに肉棒を収めていった。

（大丈夫、英理香さんなら……）

もしも彼女に特殊な性癖がなかったら、こんな無茶はしなかっただろう。

しかし、荒々しいピストンで後ろから無理矢理犯されることを望んでいる彼女だ。こんな力ずくでも、おそらくは大丈夫なはず。太一は挿入を続ける。

「おうぅう……すごっ……凄いわぁ、まだ、まだ入ってくる……あぁぁ！」

案の定、苦悶の呻き声に艶めかしい色が混ざりだした。

挿入も順調だった。やはり一番の難所は雁エラで、そこさえ抜けることができたなら、後はもう、さほど苦労はない。ついに根元まで埋まり、恥骨がムニュッと双臀の間に挟み込まれた。

「お、おぉ、全部、入ったのね……！　あうぅ、もうお腹いっぱいよぉおぅ」

狂おしげな淫声をビブラートさせる英理香。太一は、形良い尻たぶを両手で撫で回しながら、

「さあ、それじゃあ動きますよっ」

言うや、早速ピストンを開始し、太マラで張り詰めた肛穴を擦った。

初めての肛交の感触は、膣への挿入とはまるで違うものだった。直腸自体はまったく締めつけてこない。内部は膣壺に負けないくらい熱く、ヌメヌメとしているが、しかし摩擦快感はほとんどゼロだった。

その代わり、肛門の締まりが強烈なのである。

まだ緩やかな抽送を始めたばかりだというのに、括約筋の凄まじい食いつきは、期待以上の愉悦をペニスにもたらしてくれた。

肛門の裏側に雁首をひっかけるようにして小刻みにピストンすれば、電気ショックの如き快感が走り、すぐにも射精してしまいそうになった。

(眺めも、最高にエロいな……)

ペニスを抜き差しするたび、褐色の肉穴が凹んだり、盛り上がったり——。

さらに、こちらの穴が夫婦の営みに使われていなかったということも、太一を興奮させた。夫も知らぬ人妻のアヌスの味を頂いているというわけである。

夢中になって抽送を加速させていく。小刻みなストロークだけでなく、肉竿の長さを活《い》かした大振りの嵌め腰でも肛穴を抉りまくった。

すると英理香の方も、菊座が赤く腫れるほど巨根で擦られているというのに、ますます艶めかしい声を上げて、荒々しい肛悦によがり狂う。

「あんっ、おほっ……いいわ、いひいっ！　もっとしてぇ、太一、もっとおぉ！」

「気持ちいいですか、英理香さん？」太一は尋ねた。「無理矢理犯されるのが好きなんですよね？」

ズズンッ。腹をぶち破らんばかりの勢いで肉棒の根元まで埋没させ、肛門の縁がひっくり返りそうなほどに、雁首まで一息に引き抜く。

「ひんぎいいっ！　そ、そうよぉ」

英理香は背中をよじって振り返り、苦しげな、嬉しげな、劣情に歪んだ美貌を露わにした。

「お願いっ、もっと激しく、乱暴に犯してぇ！」

「乱暴に……こんな感じですかっ？」

人に暴力を振るったことなどない太一だが、今は自然と腕が動いた。

大きく振り上げ、美しい丸みを誇る英理香の尻に、全力の平手打ちを喰らわせる。

「ンヒイイィーッ！」

続けてパーンッ、パーンッ、パーンッと、打ちつけた掌の方まで痺れるほどのスパンキング。瞬く間に、白い尻たぶに真っ赤な紅葉が浮き上がった。

太一はそれを綺麗だと思い、ますます嗜虐心を盛らせる。

と、英理香の悲鳴と打擲音で目が覚めたのか、ふらふらと美咲が起き上がった。アヌスを犯され、美臀をひっぱたかれている英理香の姿に目を丸くする。

「ちょっ……な、なにしてるの、太一くんっ？」

太一より先に英理香が答えた。「いいのよ、美咲……ウウーッ！　わ、私が自ら望んでっ！　してもらっているのだからっ……あひぃぃッ！」

スパーンッ、スパーンッと、太一は左右の尻たぶを叩き続けた。だが、英理香の尻を叩いていると、どうしても嵌め腰が疎《おろそ》かになってしまう。

「ふぅ……美咲さん、僕の代わりに叩いてくれませんか？」

太一はスパンキングをやめ、英理香の両手首をつかんで、馬の手綱《たづな》のように後ろに引っ張った。彼女の背中を弓なりに反らせて、そのうえで威勢良く肛門を抉りまくる。

「あ、あたしが……!?」美咲は困惑し、年上のママ友に尋ねた。「い……いいんですか、英理香さん？」

「はうっ、うぐっ……ええ、お、お願い、美咲……！」

美咲は、夢でも見てるのかしら？　という表情になる。が、バスルーム内の異常な淫気に呑まれたのか、やがては英理香の尻を叩き始めた。

最初は遠慮がちに――。しかし、「もっと、もっと強くよ！」と英理香に叱責されて、次第にその気になってくる。ついには笑みすら浮かべ、小さな子に折檻《せっかん》するように、平手を打ち込み続けた。

「アナルセックスだけじゃなく、お尻をぶたれて悦ぶなんて……英理香、さん、変態、だったん、ですねっ！」

乾いた破裂音が五連発で鳴り響く。その都度、英理香は短い悲鳴を上げて、ビクッビクッと背中を引き攣らせた。

十二歳も年下の美咲になじられて、英理香にとってはかなりの屈辱《くつじょく》だろう。だが、それすらも被虐の悦びとするらしく、感極まった様子で英理香はまくし立てた。

「ううぅ、そ、そう、そうよぉ！　私、イヤらしい女、変態なのっ……おほおぉ、お尻の穴、広がりすぎ、ガバガバになっちゃウゥ！　熱くて、ヒリヒリ、ジンジンして……ああっ、いひいっ、乱暴にされるの、好きイイィ！」

太一は尋ねる。「ふっ、ふんっ……お尻の穴って、そんなに気持ちいいんですか？」

頷いているのか、ピストンの振動で揺れているだけなのか――英理香は何度も首を縦に振った。「え、ええ、肛門の裏側、擦られると……うぅ、う、ウンチが、長いのが出るときみたいな感じで、気持ちいいのっ……そ、それにっ！　オチ×チンが奥まで届くと、膣の方にも響いて……ああっ、それ、それえぇ！」

直腸と膣穴は、薄い肉壁一枚で隣り合っている。つまり直腸内でペニスを轟かせると、その振動が膣の奥底——ポルチオにも伝わるのだそうだ。

なるほどと、太一はペニスの挿入角度を調節し、より膣側の腸壁に亀頭が当たるように抽送する。すると英理香は半狂乱の有様でよがり、「もうイク！ イクゥ！」とヒステリックに喚《わめ》き散らした。

とどめとばかりに全力のピストンを、美臀が潰れるほどに叩き込めば、燃えるような摩擦快感で、太一も射精感に襲われる。奥歯を噛んで、今しばらく耐え忍ぶ。

「うわぁ、英理香さんのアソコ、グチョグチョ。お汁が太腿まで垂れてますよぉ」

スパンキングに疲れた美咲が、下から手を潜らせて、英理香の肉溝に指を差し込んだ。手探りでクリトリスをつまみ、悪戯っぽい笑みで唇の端を吊り上げる。

「ふっ、ふぎイィン！ そこ、つねらないでぇえッ！」

英理香は跳び上がり、背骨が折れんばかりに仰け反った。肛門と子宮口、陰核への苛烈すぎる肉悦に翻弄され、とうとう被虐の絶頂を極める。

「ひあ、ひあっ、イヤあぁ、お尻の穴が焼けるぅ！ クリ、ちぎれちゃウウッ！ んんっ……イッグ、イクングーッ！ ひいぃイッグウウウゥーッ!!」

「ぼっ……僕もっ……うう、うおっ、ウオオオーッ!!」

抑えきれない凶暴な衝動に、太一は雄叫びを上げた。五度目にして最高の絶頂感を得て、大量の樹液を腸内にほとばしらせる。

英理香の膝がガクッと折れるが、太一は彼女の両手首を拘束したまま、深々と突き刺した肉柱で女体を支え、射精が終わるまで倒れることを許さなかった。

ゆっくりとしゃがんでペニスを抜くと、浴槽に倒れ伏した英理香の菊座から、ぽっかりと開いたままの肉穴からドロリ、ドロリと白濁液が逆流してくる。

そこには赤い色が混ざっている。激しいピストンのせいで腫れ上がった肛穴の縁から血が滲んでいたのだ。

それを見た途端、太一は我に返った。頭から血の気が引く感覚を覚える。

（調子に乗って、やりすぎちゃったか……？）

だが、英理香は怒っていなかった。疲れ切った様子で汗だくの身体を起こすと、濡れた瞳でうっとりと太一を見つめ、艶めかしく頰を赤く染めて抱きついてくる。

「ああん……素敵よ、太一。私もう、あなたなしではいられない身体になってしまったわぁ」

そして甘えるように頰を擦りつけ、胸板にキスの雨を降らせてきた。

「んちゅっ、んちゅっ……これからも、こんなふうに抱いてちょうだい。いいでしょう？　いいわよね？」

「あたしも、あたしもぉ」と、美咲までが、浴槽の外から太一の首に腕を絡めてくる。

二人の人妻に熱っぽく迫られて、戸惑いながら太一は尋ねた。

「あの……僕と佐和子さんの仲を取り持ってくれるんですよね……？」

「もちろんわかってる。けど、ご褒美がもらえないと頑張れないわぁ」

幼い少女が拗《す》ねているみたいに、英理香は唇を尖らせる。

「ちゃんと佐和子さんとくっつけてあげるから。他にもしてほしいことがあったら言ってちょうだい。あなたのためならなんでもしてあげるわ。だから……ね？」

「太一くんのオチ×チン、これで最後なんていやぁん」

英理香と美咲に促され、太一は浴槽の縁に座らされた。すると、先ほどまで肛門に入っていたペニスを、人妻たちは少しも厭わずに舐め清めていく。

（これは……なんだか困ったことになったような……）

右から、左から、競うように肉棒に舌を這わせる彼女たちを眺めながら、太一は一抹《いちまつ》の不安を覚えずにはいられなかった。

第五章　僕だけの恋人妻

1

（今日も、太一さんは来ない……）

午後一時を少し過ぎた頃。喫茶クールベは開店直後で、店内にはまだ一人の客もいない。

メインの客層である主婦たちが来るのはもう少し後だが、以前なら、太一がやってくる時間だった。

佐和子はカウンターに立ちながら、深い溜め息をこぼす。

（太一さん、私に幻滅したのよね。セックスだけを目的に若い男の子に手を出す、欲求不満のおばさんだって）

実際、欲求不満であることに間違いはなかった。十代の頃から人より強い性欲を抱えていた佐和子だが、三十四歳という女盛りの真っ只中にある今、毎日でも、一日に何度でも、この疼く身体を慰めてほしいと思う。

夫は、五年前から単身赴任中。仕事が忙しいからと、正月にも帰ってこない。ずっとセックスレスが続いていた。

この店の常連客であり友達でもある英理香は、出張ホストや、マッチングアプリで出会った相手、果ては街で知り合った行きずりの男たちと自由奔放にセックスをしているという。そんな話を聞くと、佐和子は貞淑な妻らしく驚いたふりをしながら、内心では羨望の思いに駆られ、自分も密かに真似してみたくなるのだった。

だが、やはり知らない男とセックスをするのは躊躇われる。

そんなとき、佐和子の前に太一が現れた。毎日のように店に来てくれる彼に、佐和子は好意を抱き、この子になら抱かれたいと思うまでになった。

(太一さんも、私を女として見てくれていた。それがわかったら、もう我慢できなかった……)

太一と交わった一週間前のあの日、佐和子は彼の純粋な愛情を感じた。だからこそ身体だけでなく、心までも、このうえなく満たされたのだ。

だが、夜になって一人で考えると、やはり自分は間違いを犯したのだと後悔した。未来ある若者には、まっとうな恋愛こそがふさわしいはず。日陰で育《はぐく》む不倫の恋などに溺れさせてしまっては、きっと彼を不幸にしてしまうだろう。

だからその翌日、佐和子は彼を突き放した。遊びのセックスだったと、心にもないことを告げて。

そして彼は、この店に来なくなった。

(ええ……これで良かったのよ)

それでも、こうして客が一人もいない店内を眺めていると、胸が締めつけられるように寂しくなる。

ドアベルが鳴って、店に入ってきた太一が空の客席を見回し、一番乗りを喜ぶようにこっそりと微笑む——あの光景を思い出さずにはいられなかったから。

佐和子はエプロンのポケットに手を入れ、ボタンが三つしかないシンプルなリ、リモコンを取り出した。

(いくら寂しいからって、こんなもので自分を慰めて……。私って、昔からそう)

先週、夫からの電話でショックを受け、激しく落ち込んだときも、これを使った。

そして今日もまた、太一がクールベに来なくなった心の苦しみに耐えきれず、開店準備中から使っているのである。

(変態よね。やっぱりこんな私、太一さんにはふさわしくないんだわ)

捨て鉢の気分で、リモコンの〝＋〟ボタンを押そうとする。

そのとき、軽やかな鈴の音と共に、喫茶クールベのドアが開く。

現れたのは――太一だった。

2

無言でいつもの席に座る太一。

しばらくカウンターで固まっていた佐和子が、やがてやって来て、

「い……いらっしゃいませ」

おずおずとお冷やとおしぼりをテーブルに置く。

太一はうつむき、目を合わせぬまま小さく頭を下げた。

メニューを手に取り、注文を決めているふりをする。今日はコーヒーを飲みに来たのでも、昼飯を食べに来たのでもなかった。

(……ああ、気まずい。二人とも、早く来てくれ)

沈黙が続く。しばらくすると佐和子は、太一の前から離れようとした。

「あ、あの……じゃあ、メニューが決まったら呼んでくださいね……」

と、ドアベルが鳴って、新たな客が現れた。

英理香と美咲だった。二人が来るのを待っていた太一はほっとする。

「あら、こんにちは、太一。ふふっ、来ていたのね」

英理香は、ここに太一がいることを知らなかったとばかりに挨拶をしてきた。

「ど、どうも」と、太一は会釈をした。

佐和子が、ぎこちなく笑って二人を迎える。「英理香さん、美咲さん、いらっしゃい。きょ、今日は、いつもより早いですね？」

「ええ、たまたまね。美咲もそうでしょう？」

「はぁい、あたしもたまたま。旦那と息子のお昼が早めに片づいちゃったから」

あくまで偶然を装《よそお》う二人。太一の入店から少しタイミングをずらしてきたのも、そのためだ。

本日の〝計画〟の目的は、とにかく佐和子の正直な気持ちを聞き出すことだった。

それを確認するために、具体的にはどうするのか——昨日の３Ｐの後、太一は二人に尋ねた。しかし、

「それは、うーん……」美咲は英理香と顔を見合わせ、それから首を傾げた。「その場のノリ？　みたいな」

「ま……まあ、私たちに任せておきなさい」

なんとも頼りない回答しか得られなかったのだ。

(ほんとに大丈夫なのかな……)

不安はあるが、今は彼女たちに頼る以外の方法を思いつかなかった。太一はドキドキする胸を押さえ、二人が行動を起こすのをじっと待つ。

すると、英理香が近づいてきて、

「一週間ぶりかしら、太一。いったいどうしてたの？」と尋ねてきた。

「あ、もしかして、彼女と旅行にでも行ってたの？　夏休みだものねぇ」

ニヤニヤしながら美咲も混ざってきた。果たしてこの質問も計画のうちなのだろうか？　太一は緊張しながら呟く。「……彼女なんていません」

「あら、そうなの、ふぅん」

英理香は切れ長の瞳を細め、演技とは思えないほど妖しく微笑んだ。

そして、こう言う。

「じゃあ、私が彼女になってあげようかしら？」

その言葉に、佐和子がギョッと目を剝いた。太一以上に驚いている様子だった。

英理香は、引き攣った佐和子の顔を横目で一瞥すると、身をかがめて、太一の耳元に囁きかけてくる。

「若いんだから、すぐに溜まってしまうでしょう？　気持ち良く抜いてくれる彼女が欲しいんじゃないかしら？　毎日オナニーじゃ寂しいわよね？」

耳の穴をくすぐる、ささやかな吐息。しかし、それだけでは終わらなかった。

英理香は手を伸ばし、ズボンの上から太一の股間を撫でてきたのだ。

「ちょっ……!?」

さすがに太一は戸惑う。英理香はさらに続ける。

「なんなら、お小遣いもあげるわよ。美咲の子の家庭教師は、夏休みいっぱいで終わりなんでしょう？　お金、欲しいわよねぇ？」

「じゃあ、私も彼女にしてぇ。お小遣いはあげられないけど、でも、Gカップのオッパイ揉み放題よ。うふふっ、パイズリだって好きなだけしてあげるぅ」

負けてられないとばかりに、椅子の背もたれ越しに抱きついてくる美咲。太一の後頭部にグイグイと巨乳を押しつけてきた。

（さ、佐和子さんの前でこんなこと……まずいって！）

もはや悪乗りしているようにしか思えず、太一は二人を振り払おうと決意する。

だが、その前に佐和子が叫んだ。

「ふ、二人とも……なにを言ってるんですかッ！」

険しい顔を真っ赤にして、英理香と美咲を睨みつける。

その迫力に気圧されて、美咲はスーッと太一から離れた。

しかし、年上の貫禄か、英理香は平然と尋ね返す。

「なにって？」

「二人とも、既婚者でしょう！　不倫じゃないですか！　し、しかも、お金を渡すなんて……芦田さんに売春をさせる気ですかッ」

「売春なんて人聞きの悪い。太一の生活を金銭的に援助してあげるだけよ」

「どんな言い方をしても一緒です！　芦田さんを悪い道に誘い込まないでください！」

佐和子は、太一の股間から英理香の手を引き剥がした。英理香は、自分の手首をつかむ佐和子の手を振り払い、

「ふん、あなたには関係ないでしょう」と言い放つ。

そして、また太一に身を擦り寄せてきた。「ねえ、いいでしょう？　それとも私たち以外に好きな人でもいるの？　いるんなら、この場ではっきり言いなさい」

そう言って、合わせた目を、一瞬だけ真剣な眼差しにする。

合図だと、太一は思った。今、言えということだ。太一は二人に「僕にできること
ならなんでもします」と約束した。その言葉に嘘はない。

お冷やのコップをつかみ、一気に飲み干した。立ち上がって、佐和子に向かい合う。

「ぼ、僕が好きなのは……佐和子さんですっ」

初めて見たときから素敵な人だなと思ったと、優しい笑顔に心奪われたと——破裂
しそうなほど心臓を高鳴らせながら、人生初の愛の告白をした。

「……!?」

真っ直ぐな愛の言葉に、佐和子は顔を真っ赤にして黙ってしまう。

垂れ気味の瞳を、これ以上ないほど丸くして、しばらくの間、石像のように固まっ
ていた。

しかし、やがてうつむき、持っていたトレイを胸元にギュッと抱き締める。

迷惑そうな様子ではなかった。ただ、申し訳なさそうにぼそぼそと呟く。

「だ……駄目です、芦田さん……私は……」

拒絶の言葉。太一は最後まで聞きたくなくて、食いつくように問い詰める。

「じゃあ、なんで僕とセックスしたんですッ？」

太一の言葉に、佐和子は色を失った。動揺した顔で、英理香と美咲を見る。友達でもある二人に、自分の破廉恥な行為を知られたくなかったのだろう。

「へぇ、佐和子さん、太一とセックスをしたの？」今初めて知ったふりをして、英理香は詰め寄った。「自分は太一としたくせに、不倫は駄目なんてよく言えたわねぇ」

「そ、それは……」

まあまあと、美咲が二人の間に割って入る。

「佐和子さんにだって、ついムラムラしちゃう日はありますよぉ。それでつい、手近な太一くんにセフレ感覚で手を出しちゃったんじゃないですか？　つまり佐和子さん的には、セフレは不倫のうちに入らないってことですよね？」

「ち、違いますっ！」佐和子は慌てた様子で否定した。

「違うんですか……？」太一は怪訝《けげん》に思った。だってこの間は、誰かとセックスしたかっただけと言っていたじゃないか。

「いや、あの……私は、芦田さんを……セ、セフレだなんて」

しどろもどろになる佐和子。すると美咲はニヤニヤ顔を復活させ、わざとらしいほど首を傾げて、佐和子の顔を覗き込む。「え〜、セフレじゃないんですかぁ？　じゃあ、佐和子さんにとって太一くんってなんなんですかぁ？」

「佐和子さん、この際、正直に言ってしまいなさい」と、英理香が言った。「じゃないと本当に太一を傷つけることになるわよ。言っておくけれど私はね、太一を傷つける人は、たとえ佐和子さんでも赦さないわ」

「あたしも、ですよ」

英理香と美咲が、強い眼差しで佐和子を見据える。

佐和子はずっとうつむいていたが、英理香たちの真剣さは感じていたようだ。

やがて観念したように、ぽつりぽつりと語りだす。彼女が太一とセックスをした前日の夜、単身赴任中の夫から珍しくも電話がかかってきたという。

「夫は……離婚してほしいと言いました」

その理由は、転勤先で知り合った女性と関係を持ち、子供まで出来てしまったから。

今、妊娠三か月だという。

太一は——なにも言えなかった。英理香と美咲も、口をつぐんでしまった。佐和子は話を続ける。

「物凄くショックでしたけど、こうなる予感はありました。夫の愛が冷めてしまったのはわかっていましたから。夫は、本当なら単身赴任はしたくなくて、私についてきてほしかったんだと思います」

しかし佐和子は、夫の転勤先についていくことを拒否した。喫茶クールベは住居付き貸店舗の物件で、毎月家賃を払っており、何年続くかわからない転勤についていくなら、解約を考えなければならないからだ。

「私は、このお店がとても好きなんです。お店を続けたかったんです。だから、夫には一人で行ってもらいました……」

それをきっかけに、佐和子の夫の態度はよそよそしいものになったという。

時間が経てば、いずれは夫も理解してくれる。機嫌を直してくれる。佐和子はそう思っていた。だが、単身赴任が始まってからのこの五年、夫はろくに連絡もくれず、仕事の忙しさを理由に一度も帰ってきていないそうだ。

「浮気の話を聞いたら、やっぱり悲しくて、悔しくて、腹が立って……だって、妻の私が、まだ一人も子供を産んでいないんですよ？　それなのに……！」

それでつい、仕返しに自分も浮気をしてやりたくなったのだという。

そんなことに利用してしまってごめんなさいと、涙目で謝る佐和子。

太一は怒る気にもならず、ただただ彼女を哀れに思った。

英理香が佐和子に尋ねる。「浮気の相手は、誰でも良かったのかしら？」

「それは……」しばらく口籠もってから、首を横に振る佐和子。「今さら信じてもらえないかもしれませんけど……芦田さん……太一さんじゃなかったら、絶対にあんなことはしませんでした」

それを聞いて、太一の胸に希望が宿った。

英理香が、険しかった表情をほころばせる。いつもの、仲良し三人組でおしゃべりするときのように、

「だったら、そんな夫とはとっとと離婚してしまいなさい」と言った。「そうすれば、あなたが太一と付き合っても問題なし。不倫でもなんでもないでしょう？」

「え、ええっ……で、でも、私みたいなおばさんが……」

戸惑いながら、みるみる顔を紅潮させる佐和子。

年上の彼女が、初心な少女の如く――恥ずかしそうにもじもじと身体を揺らす。その様子があまりに可愛くて、太一は衝動的に手を伸ばした。

佐和子の両肩をつかみ、驚く彼女に顔を寄せ、ぽってりとした朱唇を奪う。

いや、捧げたのだ。

鼻先が触れ合う距離で彼女を見つめ、そっと呟く。

「今の……僕のファーストキスでした」

二人の人妻と散々交わった太一だが、太一から口づけをすることはなかったし、彼

女たちも頰以上のキスをしてくることはなかった。それはやはり、太一の心の中には佐和子がいて、彼女たちもそれをわかっていたからかもしれない。

太一のファーストキスを受けて、佐和子は瞬く間に瞳を潤ませた。感涙した。

そして意を決したように告げる。静かに太一の手を払い、一歩下がって――

「太一さん、こんな私でも、本当に愛してくれますか……？」

スカートの裾を大きくめくり上げた。

露わになったパンティの底部。女の秘部を包んでいるそこは、奇妙な形に膨らんでいた。

佐和子の手がパンティの股布を横にずらすと、膨らみの正体がわかる。バイブだ。ピンク色のそれが秘唇に突き刺さっていた。

外にはみ出している部分から察するに、きっと釘のような形状をしたバイブだろう。釘の頭を思わせる部分が、外陰部の土手にひっかかって、それ以上奥に潜り込まないようになっている。

「……私、こんな淫らな女なんです」

釘の頭状の部分をつかみ、佐和子はゆっくりと膣穴から引き抜いた。

そのバイブは思ったとおりの形をしており、女蜜にまみれて、ピンク色が妖しくヌラヌラと光っていた。

静音仕様なのか、微かな唸りを発しながら小さく振動している。

太一は唖然とした。なんでそんなものを入れているのか？　彼女は言った。淫らな女なんですと。いったい、いつから入れていたのだろう？　少なくとも、太一がここに来る前からだ。

つまり、女陰にバイブを挿入したまま「いらっしゃいませ」と挨拶し、お冷やとおしぼりを持ってきていたということである。

佐和子はスカートを下ろし、バイブ本体のスイッチを押して振動を止めてから、エプロンのポケットに濡れたままのそれを入れた。

「ときどき、やってしまうんです。エッチな気分が抑えられないとき以外にも、苛々《いらいら》したときや、寂しいときなんかに……」

倒錯したスリルと愉悦で、心と身体を慰めるのだという。

以前はバイブを装着したうえで、せいぜい夜のコンビニに行く程度だったが、夫とのセックスがなくなり、欲求不満の日々に悩まされるようになってからは、クールべでの仕事中にもやるようになってしまったそうだ。

佐和子にそんな癖があったとは——太一は思ってもみなかった。

だが、驚きはすぐに鎮まっていった。彼女の多淫ぶりは、先週、情交に及んだときに、充分すぎるほど目の当《ま》たり《あ》にしていたのだから。

（……今さら幻滅なんてするわけない）

太一は、佐和子の手を取る。

「僕は……優しくて綺麗な佐和子さんが好きです。佐和子さんの澄んだ声も、いつでも聞いていたいと思うくらい好きです」

冷たくなって、微かに震えていた彼女の手を、ギュッと握った。

「そして、物凄くエッチなところも大好きです。心から愛しています」

佐和子が――感極まった顔で太一に抱きついた。

「あぁ……太一さん、私……こんなに嬉しいと思ったことはありません……」

首元に絡まる佐和子の腕。太一も、彼女のふっくらとした腰を抱き締める。

熟れた身体の柔らかな抱き心地。この感触をまた味わうことができたのだと、太一は感無量で両腕に力を込めた。

「……良かったね、太一くん」

背中をポンと叩かれる。美咲は微笑んでいた。ただその顔は、ちょっとだけ寂しげに見えた。

そして英理香の方はというと――

切れ長の吊り目が、太一を冷たく見据える。「お熱いところを邪魔して悪いのだけど……太一、あなた本当にわかっているのかしら？」

「な……なにがですか？」

「佐和子さんはね、お客の前で、バイブを使った変態プレイをするような人なのよ？これまで、私たちに気づかれないようにこっそり愉しんでいたことも、きっと一度や二度じゃないわよねぇ」

「ううっ……す、すみません」佐和子は否定せず、蚊の鳴くような声で謝った。

「い、いや、だから僕は、そういう佐和子さんのことが好き――」

「違うわ。そういうことじゃなくて」英理香が、太一に詰め寄ってくる。「そんなエッチな人を満足させる覚悟はあるのかってことよ。どうなの、太一？」

「え……そ、それは、もちろんありますっ」

「ふぅん、じゃあ、その覚悟を私たちに見せてちょうだい。私たちにはそれを見届ける義務があるわ。そうよねぇ、美咲？」

英理香は薄笑いを浮かべて、美咲に同意を求めた。

美咲はにんまりと笑い、力一杯に頷く。

「そのとおりです！」

3

「こ、ここでするんですか……？」

佐和子は店内を見回し、戸惑いの声を上げる。

英理香がピシャリと言った。「この場所でアソコにバイブを差していたのはあなたでしょう？」

英理香の指示で、すでに美咲が店の出入り口のドアに鍵をかけていた。ドアの外側にぶら下げているプレートも〝CLOSED〟にひっくり返してある。

（こんなことになるとは……。でも、まあ二人には本当に感謝しているからな）

服を脱ぎながら、太一は思った。最初は不安だったが、英理香と美咲は、約束どおりに太一と佐和子の仲を取り持ってくれたのである。当分は彼女たちに逆らえないだろう。

そもそも、佐和子とセックスができるなら、不満なんてあるわけがない。

佐和子も観念したようで、エプロンを外し、おずおずと服を脱いでいった。が、

「な、なんでお二人も脱ぐんですか？」

英理香と美咲まで服を脱ぎだしたので、佐和子は下着姿で目を丸くする。

「あら、私たちはなにもしないで、ただ見てろって言うの？」

「あたしたちだって太一くんのこと気に入ってるんですよぉ。佐和子さん、独り占めしないで、お裾分けしてください」

あっという間にブラジャーもパンティも脱ぎ去り、英理香と美咲は、それぞれの裸体を露わにした。Dカップの美乳とGカップの巨乳。綺麗な形に刈られた草叢の丘と、一本の毛もないツルツルの恥丘。

太一もボクサーパンツを両足から抜き取り、素っ裸になる。この間は、この喫茶店の中で下半身だけ剝き出しにされたが、今日は全裸だ。やはり落ち着かない。

前のとき以上に恥ずかしい気持ちとなり、しかし同時に異様な高ぶりを覚えた。してはいけないことをするというのは、いくつになっても胸を躍らせるものである。

麗しい人妻たちの裸体を目の当たりにしていることもあり、ペニスはたちどころに急峻《きゅうしゅん》な角度でそそり立った。

「まぁ……太一さんのオチ×チン、やっぱり凄いわ……」

うっとりと呟く佐和子。催した淫気が羞恥心に勝ったのか、躊躇いを捨てて下着を脱ぎ、豊艶なるフルヌードを披露する。

太一もまた、爛熟した佐和子の身体に目を奪われた。

三人の人妻たちのなかで、やはり佐和子の身体が最も脂が乗っている。豊かに膨らんだ母性的な腰。ムッチリと肉の詰まった太腿。そして美咲の巨乳を上回る、特大Jカップの爆乳のインパクトが官能を揺さぶる。

（英理香さんや美咲さんの裸も好きだけど、僕にとっては、やっぱり佐和子さんのゆるふわな身体が一番エロい）

重たげに揺れるスイカ大の肉房を見ているだけで、股間の息子は早くもダラダラとよだれを垂らし始めた。

ピクッピクッと期待に打ち震えるペニス。そこに女たちの視線が集まる。

誘蛾灯に群がる虫の如く、瞳に情火をともした人妻たちが若勃起に引き寄せられた。

英理香が言う。「さあ、それじゃあ太一、まずはあなたが命令しなさい」

「え……僕が、命令を？」

「そうよ。あなたの覚悟を確かめるのだから、あなたが受け身じゃ話にならないわ」

「そ、そうですか。わかりました」

４Ｐともなると、皆が好き勝手に動いては、プレイがぐだぐだになってしまうだろう。段取りを考えて指示を出す、いわばセックスの指揮者を太一は任されたのだ。

（とにかく佐和子さんを一番に気持ち良くしてあげなきゃだけど、英理香さんと美咲さんにも満足してもらいたいよな）

よく考えてから――太一は女たちをカウンター席に、英理香、美咲、佐和子の順に並んで座らせた。

普通に座るときとは反対の向きに、カウンターに背中を預けるようにして、背もたれのない丸椅子に腰かけてもらう。そして、オナニーをするよう命じた。

「うっそぉ、見られながらオナニーしなきゃいけないの？　え、ええ〜」

美咲が難色を示す。昨日の３Ｐでは、潮を噴いているところまで英理香に見られた彼女だが、自分で自分を気持ち良くしている姿を晒すのは、それよりも恥辱的だということらしい。佐和子も「は、恥ずかしいです……」と躊躇っている。

真っ先に女陰をいじりだしたのは英理香だった。昨日のことでマゾ牝として吹っ切れたのか、恥辱的である方がむしろ興奮するようである。

二人の女たちの視線を集めるように、「あ、あうぅん」と艶めかしい声を漏らすと、包皮を剥いたクリトリスを、膏薬《こうやく》でも塗りつけるように指先で撫で回した。それからもう片方の手で大きな花弁を掻き分け、いきなり二本指を膣穴に挿入し、クチュクチュと淫らな音を立てて出し入れを始める。

それに釣られたのか、あるいは対抗心を燃やしたのか、美咲と佐和子も自らの割れ目をさすりだした。

あられもなく全裸を晒した女たちが、横一列になり、股を広げてオナニーをしている。靴だけ履いているところが、また妙にエロチックだった。

(喫茶店の中だっていうのに……なんてイヤらしい光景だろう)

大きなストロークでズボズボと抽送する英理香。ピストンはせず、おそらくはGスポットに一点集中の指圧を施している美咲。ピーナッツほどの大きさに膨らんだ陰核を二本指でしごき、さらに空いている手で爆乳を揉みまくっている佐和子。

「んおっ、ううっ……あ、あぁ、見て、太一、私のオナニー、もっと見てぇぇ」

「はうぅん、指じゃ物足りないわぁ……もっと太いので、グリグリされたいのぉ」

「人前でオナニーなんて……は、恥ずかしい……けど、感じちゃいます……!」

三者三様の自慰。高まっていく淫声のコーラス。

視覚と聴覚で牡の情欲を掻き立てられた太一は、次に嗅覚の刺激を求めて、それぞれの女陰に鼻先を近づけていった。

ムンムンと立ち上る恥臭を胸一杯に吸い込む。英理香は潮風のような香り、美咲は甘酸っぱい匂いで、佐和子のそれは濃厚なチーズを思わせる。

そのことをあえて口で説明し、この場にいる全員に知らしめ、女たちの羞恥心をさらに煽っていった。佐和子が、悩ましげに身をよじって言う。

「い、いやぁん、太一さん、言わないでください……。ちゃんと毎日洗っているんですよ？　あぁ、だけど、どうしても匂っちゃうんです」

「あ……いや、前にも言いましたけど、とってもいい匂いですよ。むしろこの匂いがなかったら物足りないくらいです」

チーズの匂いに食欲をそそられ、太一はトロトロの愛液にまみれた媚粘膜を舐め上げた。そしてクンニを始める。花弁やクリトリスを舐め回しては、蜜穴に舌をねじ込み、ニュプニュプと抜き差ししながら膣肉を直に味わった。

「あ、あーっ、太一さんの舌が……んん、くうぅ……き、気持ちいいですぅ」

佐和子は幸せそうな顔で仰け反る。太一はクンニを続けながら、たっぷりと肉づいた太腿の内側を、両手の指先で、スス、ススス……と撫でつけた。触れるか触れないかのもどかしさに、ますます乱れる佐和子。

すると、隣の美咲が羨ましそうに言った。「あぁん、いいなぁ、あたしもクンニしてほしい～。ね、ね、太一くぅん、こういうのはどう？」

美咲はカウンターの内側に手を伸ばし、そこに置かれた容器の中から、ポーションタイプのガムシロップをつかみ取る。ポーションの蓋を剝がし、ガムシロップを自らの女陰に垂らした。

好奇心をそそられた太一は、美咲の股ぐらに移動して女肉を味わう。美咲の愛液の乳酸飲料のような風味に、ガムシロップの甘さが加わり、まるでヨーグルト味のお菓子を食べているような気分になる。

これは面白いと、太一は他の二人にも試した。カウンターの内側にある容器から、ガムシロップとミルクのポーションをいくつか頂戴《ちょうだい》し、潮の香りがする英理香の女陰にはミルクを垂らしてみた。すると、クラムチャウダーのような風味となる。癖になる味わいに舌鼓を打ちながら、コリコリとした具の赤貝に甘嚙みを施した。

「くううっ……嚙んで、嚙んでぇ、太一、もっと強くぅ」

チーズ臭の佐和子の女陰にはガムシロップを注ぎ込む。すると今度はチーズケーキのような風味となった。舌触りもなめらかな濃厚レアチーズケーキだ。

「た、太一さん、ああっ、私のアソコ、そんなに美味しいですか……？　は、恥ずかしいけど、嬉しいです……！」

太一は、女たちの股ぐらを順々に巡っていった。クンニを待っている間も、オナニ

ーを続けさせたので、彼女たちは絶えず性感を高めていく。やがて、

「あぁっ、も、もう無理、無理ぃ、我慢できない……太一くん、ちょうだい、オチ×チン入れてぇ！」

美咲が声を上げれば、私も私もと、英理香と佐和子もねだってくる。

太一の方も、そろそろ挿入したくてたまらなくなっていた。さて、誰から相手をするか？　発情しきった女体を眺めながら、少しの間考える。

露骨に佐和子を贔屓《ひいき》しては、英理香と美咲が気を悪くするかもしれない。とりあえずは三人を平等に扱うことにする。そのうえで順番を決めるとしたら——

「それじゃあ……オマ×コがたくさん濡れている人からセックスすることにします」

あまり公平なルールとは言いがたかったが、三人の女たちは一応納得してくれた。

彼女たちの中で一番濡れていたのは、やはり濡れやすい体質の美咲である。丸椅子の座面から愛液が滴り、足下の床に大小の水溜まりがいくつも散らばっていた。

太一は、先走り汁を溢れさせている鈴口を、美咲の割れ目の深いところに嵌め込み、一気に根元まで剛直を押し込む。相変わらずの狭穴を押し広げ、いきなりのハイスピードで肉棒を抽送した。

「はぁんっ、は、激しすぎぃ！　うぅぅ、ん、んっ！　ま、待って、ちょっ……そ、

そんなにされたら、イッちゃう、イッちゃう、イクゥーッ！」

オナニーとクンニで充分すぎるほど高まっていた女体は、巨根による摩擦と刺突で呆気なく気をやってしまう。

美咲が絶頂感に戦慄いている最中、太一が亀頭を往復させてGスポットを圧迫すると、「ヒイイッ」という悲鳴と共に、尿道口からピュピューッと随喜のエキスが噴き出した。

「さあ、次は……うん、わずかですけど、英理香さんの方が濡れてますね」

手淫しか知らなかった童貞の頃よりも、今の太一は遙かに持久力が増している。美咲の膣壺に漏らすことなく、すぐさま英理香に挿入した。

椅子から降りてもらって、カウンターに肘をつかせ、バックから勢い良くペニスを轟かせる。英理香は、自分の最も好きな体位に、みるみる性感を高めていく。

隙間なく吸いつく膣肉の感触を愉しみながら、さらに太一は、先ほどのガムシロップを美臀の谷間に流し込み、そのとろみで菊座を愛撫した。果ては親指の第一関節までヌプッヌプッと出し入れする。

「おほおぉ、い、いぃ、んんーっ！　あふ、んほぉ、もっとアナル強くぅ、コーモンほじくってぇ！　んいぃ、ひい、イック、イクわ、イクのぉ、イグぅぅ!!」

繰り返されるアクメの収縮で肉棒が揉み込まれる。さすがに太一も射精感の高まりを覚えるが、奥歯を噛み締めて結合を解き、最愛の女性の元に馳せ参じた。

「お……お待たせしました、佐和子さんっ」

「あぁ、やっとぉ……ど、どうぞ太一さん、オチ×チンをっ……あう、ううう—っ」

佐和子の両脚を肩に担ぎ、白濁の本気汁にまみれたペニスを挿入するや、肉路が伸びるほど力強く膣奥を貫く。その一突きで、佐和子は「イックうぅ!!」と叫んだ。

「えっ……!?」

アクメした美咲が、英理香がそうだったように、佐和子の女壺もビクッビクッと痙攣する。やがて佐和子は呼吸を落ち着かせ、色っぽく朱に染めた頬を恥ずかしげにほころばせた。

「う……うふふっ……太一さん、私、嬉しくって……やっと太一さんが入ってきてくれたから、それだけでイッちゃいました」

太一の脳裏に、以前ネットで観た仔犬の動画が蘇る。

大好きな主人が帰宅すると、喜びのあまり〝うれション〟してしまう動画だ。その仔犬の姿が、今の佐和子と重なる。

もちろん、オナニーとクンニで絶頂寸前まで高まっていただけかもしれないが、それでも太一は彼女の言葉を信じた。その健気《けなげ》さに、ゾクゾクするほど興奮した。

（ああ、佐和子さんを仔犬のように可愛がりたい……！）

なにかを命令して、それに応えてほしいと思う。ふと閃いた。

「佐和子さん、これから僕とエッチなことをするときは、自分のことを〝私〟じゃなくて〝佐和子〟って名前で呼んでください」

「え……な、名前で……？」

佐和子は戸惑う。が、愛しい彼の言うことならと、すぐに承知してくれた。

「約束ですよ」と言って、太一はピストンを始める。腰を叩きつけ、ポルチオのしこりを押し潰し、アクメで充血した膣肉を雁エラで引っ掻きまくる。

「ひいぃ！　い、いいいっ……おお、おほっ、気持ちいい、んあぁ、また、イッちゃいます、来ちゃう！　すごっ……太一さんのオチ×チン、凄ひイィ！」

息《いき》むような呻き声を上げ、背中の三つ編みを振り乱す佐和子。

絶え間なく腰を振りながら、太一は問いかけた。「そんなに、凄いですか？　佐和子さん、僕のチ×ポ、好きですか？」

「は、はい、私……あっ」

答えようとして佐和子は、たった今交わしたばかりの約束を思い出し、すぐさま言い直した。

「さ……佐和子は、ふぅ、んんっ……太一さんの、おぉ、オチ×チンが……大好きっ、大好きですっ……！」

子供っぽい言葉遣いに、三十路《みそじ》を越えた佐和子は顔中を火照らせて恥じらう。

太一はたまらなく興奮し、彼女の魅惑の太腿を抱え込んで、さらに抽送を加速させた。

猛烈なピストンで押し出された空気が、ブブーッ、ブボボッと、膣口の隙間から派手に漏れ出す。オナラのような下品な音に、英理香と美咲が目を丸くした。が、今の佐和子は、そんなことに気づく余裕もない。

「ひぃいいん、く、くっ！　おおぉ、佐和子、イッちゃいます、イク、イクッ……！」

「う、うぅ、おおっ……ぼ、僕も……！」

太一も秒読み体勢に入る。なにしろ佐和子はカズノコ天井と蛸壺の持ち主。ダブル名器が牙を剝き、肉棒を激しく責め立てていたのだから。

粒襞の肉ヤスリがペニスの急所という急所を擦り、腰を引くごとに膣の奥が吸盤の如く吸いついてくる。

太一は身を乗り出し、タプンタプンと跳ね回る爆乳の谷間に顔を突っ込んだ。つきたての餅よりも柔らかな乳肉を左右の頬で感じ、そこに籠もった熱気と、汗ばむ女肌の馥郁《ふくいく》たる香気を堪能しながら、とどめの嵌め腰を叩き込む。

佐和子は椅子からずり落ちそうになりつつも、太一の頭を両腕で強く抱き締め、

「ひっ、ひぃ、佐和子、イクッ！　んおぉ、くっ、くくっ、イクイク、イグーッ!!」

狂おしげに女体を震わせた。膣壺もギュッ、ギュギューッと収縮する。

オルガスムスの反応を確認し、太一も心置きなく射精感を解き放った。本日の一番搾りを、熱い牡汁を、愛しい人の体内に勢い良くほとばしらせる。

「うぐっ……クウウッ!!」

双乳に顔面を包み込まれ、半ば窒息状態で——太一は気が遠くなりながら、激悦に酔いしれた。

射精の発作が治まると、本当に気絶してしまう前に彼女の両腕を優しくほどき、爆乳の谷間から顔を出して深呼吸する。

佐和子が蕩けた美貌で微笑みかけてきた。お互いに言葉もなく見つめ合った。なにも言う必要はない。心が通じ合っているのを感じ、太一は胸を熱くする。

一見すると佐和子は満ち足りた顔をしている。だが、太一はわかっていた。多淫な彼女が、これだけで〝お腹いっぱい〟になるわけがない。

（この程度で、僕の覚悟を示せたとは思えない）

佐和子の彼氏になるなら、彼女を心の底から肉の悦びで満たさなければならない。もっともっと彼女を感じさせるのだ。いや、狂わせるのだ。

4

「パンケーキを焼いてくれませんか」と、太一は佐和子にお願いした。

ただし、例のバイブを装着した状態で——だ。リモコンは太一が持った。じわじわとパワーを上げたり下げたりして、奥まで押し込んだバイブでポルチオを翻弄し、絶頂に達したら一分ほど休ませてあげる。

裸エプロンの佐和子が戦慄きながらパンケーキを焼く姿は実に艶めかしかった。

悪戯心が湧いて、彼女の後ろから尻を撫で回したり、エプロンの内側に手を入れて爆乳を揉んだり、乳首をつまんだりする。

「いやぁん、ダメです」と佐和子は言うが、その声は明らかに悦んでいた。

そんな悪戯のせいで、パンケーキの何枚かは、焼くのに失敗して少し焦げてしまった。四人分を焼き終わるまで三十分と少しかかる。その間、佐和子は八回イッた。イクたびに、次にイクまでの時間が短くなっていった。

足首まで愛液を垂らし、膝を震わせながら、懸命にパンケーキを焼く佐和子。苦しげに眉をしかめていても、口元には淫らな笑みが浮かんでいた。瞳には情火の明かりが爛々と輝き、淫欲に取り憑かれたその美貌はまさに凄艶の一言だった。

「はひぃ、イクッ、またイッちゃううぅ！」

佐和子の底なしの淫乱ぶりに、太一は圧倒された。

しかし、だからといってひるんだり、うんざりしたりはしなかった。普段は真面目なのに、どこまでも好色な彼女。そのギャップに魅入られ、さらに惹《ひ》かれていく。

その後は、四人で並んでカウンター席に腰かけ、出来たてのパンケーキを食べた。佐和子にはエプロンを外させ、再び全裸になってもらう。もちろん太一たちも下着一枚身にまとっていない。素っ裸の男女が集まってパンケーキを食べているというのは、なんとも奇妙な光景だ。

だが、艶めかしい女体を眺めながらの食事に、性欲と食欲が同時に刺激される感覚に、不思議と太一は胸を躍らせた。そして、一緒に食事をしながら裸の付き合いをするという行為によって、佐和子だけでなく英理香や美咲に対しても、これまで以上の親愛の情が湧いてきた。

「あ、ねえ、聞いて聞いて、太一くん。一昨日ね、あんまり暑かったからブラジャーしないでいたら、悠真がチラッチラッて、キャミソールに浮き出てたあたしの乳首をこっそり見ていたのよぉ、うふふっ」

「美咲ったら……あなた、自分の息子を誘惑してどうするつもりなの。そんなことをしていて、あと何年かしたら、悠真くんに襲われてしまうかもしれないわよ？」

「うーん、まあ、それもいいかなって思います。血は繋がっていないんだし。最近の悠真、少しずつだけどあたしに心を開くようになってくれて、本当に可愛いんですよぉ。今度、性教育ってことにして、オナニーの仕方でも教えてあげちゃおうかなぁ」

「悠真くん、小学五年生でしょう？　まだ早いんじゃないかしら？」

「そうですかねぇ……。ねえ、太一くんは何歳からオナニーしていたの？」

「えっ、ぼ、僕ですか？　僕は、確か中学に入ってからだったような……」

生クリームがたっぷりとかかったパンケーキを味わいながら、楽しく語らう一同。

しかし、佐和子だけは、まだろくに食べていなかった。震えるフォークでパンケーキの切れ端を口に運び、快感に蕩けきった破廉恥な顔でゆっくりと咀嚼《そしゃく》している。

「ん……んむっ……あぁあぁ、またイグぅうぅ」

それは今この瞬間も、佐和子の性感をさらに高めるべく、太一がバイブのリモコンを操作していたから。

ときに焦《じ》らして、ときに追い詰める。太一が食べ終わるまでの間に、佐和子はまた二回アクメした。犬のように舌を出してゼエゼエと喘ぐ佐和子は、ナイフで小さく切ったパンケーキのほんの二、三切れを食べるのが精一杯だった。

美咲が、心配そうに英理香に囁く。

「佐和子さん、もう十回以上イッて、ふらふらですよ。英理香さんが〝命令しなさい〟なんて言ったから、太一くん、変に目覚めちゃったんじゃないですか……？」

「いいじゃない。ふふっ、女を弄ぶ太一、素敵だわぁ」

ニヤニヤと笑いながら、自らの股ぐらで指を蠢かせる英理香。

息も絶え絶えの佐和子は、やがて椅子に座っていることもできなくなった。太一は、店内にある四つのテーブルをくっつけて、その上に佐和子を仰向けで寝かせる。彼女の腰から下が、テーブルの外にだらんと垂れた。

バイブの栓を抜けば、ぽっかりと空いた膣口から、先ほど注ぎ込んだザーメンと多量のアクメ汁が滴り落ちる。

太一は、バイブとは比較にならない太さの剛直を蜜壺に差し込み、彼女のコンパスを両脇に抱えて、一息に膣底を貫いた。ぐったりしていた佐和子が、柔肌を震わせてヒイイッと悲鳴を上げる。

巨砲がズッポリと根元まで埋まり、分厚く発達したラビアと十手高の大陰唇によって、太一の恥骨までが包まれていた。男のすべてを受け止めてもらっているような気持ちになる。繋がって、一つになっていると、まさに実感する。

「あぁ、も、もう無理ですぅ……太一さん、赦してください……」

口ではそう言いながら、朱唇の端に淫らな笑みを浮かべ、期待の目で太一を見上げる佐和子。

「まだですよね？　もっともっと佐和子さんを気持ち良くしてあげますよ」

高身長のイケメンでもない。将来、高収入の勝ち組になれる自信もない。

こんな自分が彼女のためにできること。それはセックスの他に思いつかなかった。

「僕はまだセックスを覚えたばかりですが、これからもっと上手になってみせます。佐和子さんがどれだけスケベでも、僕が必ず満足させられるように。仕事中にこっそりバイブなんて使わなくてもすむように」

「い、いやぁん……これ以上、太一さんが上手になったら、佐和子、頭がおかしくなっちゃいますぅ」

佐和子の瞳の中でますます情火が燃え盛る。まるで狂いたがっているようだ。

「そのときは……責任を取ります。僕が一生、佐和子さんを悦ばせ続けます」

プロポーズさながらの言葉だった。それだけの覚悟で太一は言った。

すると——膣路が途端にうねり、収縮の律動を始める。

それは間違いなくオルガスムスの反応だった。太一の言葉だけで、佐和子は絶頂を極めたのだ。うっとりとしたアヘ顔で、その身を戦慄かせる。

「んんっ、んほおぉ……ほ……本当ですか、太一さん？　これからもずっと、佐和子を抱いてくれるんですか……？」

「はい、佐和子さんさえよければ。佐和子さんは僕でいいですか？」

「ああ、ああ……もちろんですっ！」

佐和子は少女のような仕草で、真っ赤に火照った頬を両手で押さえた。コクコクと何度も頷く。

「太一さんが抱いてくれるなら、佐和子は……二度とバイブなんて使いません。オナニーも金輪際しませんっ」

「じゃあ……僕以外の男とセックスは？」

「しません、絶対にッ」佐和子は力強くかぶりを振った。「佐和子、もう太一さん以外の人に抱かれたいなんて思いません。佐和子の身体は、佐和子のオマ×コは、太一さん専用ですっ！」

「本当ですか？　ああ、とっても嬉しいです！」

太一は、歓喜に駆られて佐和子に覆い被さり、溢れる愛を込めて唇を重ねた。

密着した朱唇のプルンとした柔らかさに酔いしれていると、彼女の両腕が太一の首に巻きついてくる。彼女の口が開き、ヌルリと舌が伸びて太一の唇を舐めてきた。

上唇と下唇をゆっくりとなぞられた後、まるでドアをノックするように、ツンツンと舌先でつつかれる。

その意図《いと》を察して、太一がそっと唇を開くと、すぐさま彼女の舌が奥まで潜り込み、貪るように口内の隅々まで舐め回された。

（く……くすぐったい……ゾクゾクする）

いわずもがな、初めてのディープキスだ。しばし太一は、佐和子の舌のなすがままとなった。やがて佐和子の舌が、太一の舌に絡みついてくる。

まるでナメクジの交尾のような、執拗な粘膜同士の摩擦。

太一の唾液が舌を伝って、佐和子の口の中にトロトロと流れ込んでいった。佐和子は厭うことなく喉を鳴らしてそれを飲んでいく。

絡みつく舌に導かれて、今度は太一が、佐和子の口内に舌を差し込んだ。すると、佐和子は唇を窄めて太一の舌に吸いつき、朱唇を前後にスライドさせせてしゃぶってくる。それは舌をフェラチオされているかのようだった。

「んむっ、ちゅむっ……んふぅ、ちゅぶっ、ちゅぶっ、じゅるるっ」

なんとも言えぬ舌の愉悦と、彼女の熱い鼻息に興奮し、太一はますます若勃起を盛らせる。

上の口で交わりながら、下の口に差し込んだ肉棒も動かした。彼女に覆い被さった屈曲位の体勢で、腰を左右にくねらせ、子宮口をグリグリと亀頭で抉る。

「んんっ……お、おほうっ！　お、おぉ、奥うっ……ひいいっ、凄ひぃ！」

たまらず佐和子は淫靡なキス奉仕を中断し、ポルチオの愉悦に悶えた。

テーブルに身を乗り出した格好ではピストンがしづらいので、太一は上半身を起こし、改めて佐和子の太腿を抱え込んで、勢い良く腰を振り始める。

「はぁ、はうっ……ひ、ひぎいぃ……う、く、くううぅ！　イク、またすぐイッちゃいますぅ……おおぉ、ううぅ！」

「ううっ……ぼ、僕もです。佐和子さんのオマ×コ、さ、最高です……！」

佐和子の膣穴は、ただでさえカズノコ天井と蛸壺という奇跡のダブル名器だが——信じがたいことに、イケばイクほど、このうえさらに旨味を増していった。

柔らかく蕩けた膣壁がペニスの隅々にぴったりと張りつきながら、力強い弾力でギュウギュウと締めつけてくる。粒襞の強烈な摩擦感がありながら、女蜜の潤《うるお》いがどこまでもピストンをなめらかにしてくれる。

まるで矛盾だが、相反する嵌め心地が両立し、想像を絶する激悦をもたらした。初めて佐和子とセックスをしたときより何倍も、いやそれ以上に気持ちいい。一擦りごとに射精感がぐんぐんと高まっていく。

それでも太一は手を抜かなかった。今は自分の全力のセックスで、佐和子を徹底的にイカせて満足させるのが目的なのである。ストロークも激しく子宮口を揺さぶり、肉襞の粒々を削り取る勢いで雁エラを擦りつける。

「んっ、んんんーっ！　ううぅ、く、来る、来ちゃうっ……さ、佐和子、イキます！　んあぁ、イクイク、んんグーッ!!」

アクメにうねる膣壁。太一も後を追うようにザーメンを噴き出した。

「おおっ、僕も、出っ、ウウウッ!!」

これが太一の本日二度目の射精である。無論、まだまだいける。いや、佐和子となら、それこそ五回、十回でもできそうだった。

「もう一回、いいですよねっ？」

「は、はひぃ……何回でも、太一さんとなら、佐和子、セックスしたいですっ。子宮が……太一さんの精液でパンパンになるまで、注ぎ込んでくださいっ！」

とはいっても、佐和子は、今ので十四回目のアクメである。

フルマラソンを走り終えたかのように全身汗だくで、苦しげに呼吸を乱している。

(もう一回だけ……最後に、佐和子さんにあれを……！)

太一はいったんペニスを抜き、佐和子の身体をひっくり返した。

並べたテーブルに上半身を突っ伏すような体勢にさせて、バックから嵌める。

「英理香さん、バイブを取ってくれますか？」

「え？　ええ……はい、どうぞ」

椅子の上に置いていたバイブを受け取ると、緩やかに抽送しながら、それを佐和子にしゃぶらせた。

己の愛液でベトベトになっていたバイブを、佐和子は躊躇うことなく舐めしゃぶり、唾液で再びドロドロにする。

そのバイブを、太一はまた英理香に渡した。

佐和子の熟臀を左右に押し広げ、褐色のアヌスをあからさまにして、

「英理香さん、お願いできますか？」

「ああ……そういうことね。わかったわ」

英理香もすぐに察し、バイブを佐和子の菊座にあてがう。

まさかバイブをそのように使われるとは思っていなかったようで、佐和子は、ここで初めて戸惑いの声を上げて振り返る。「えっ……な、なにを……!?」

「心配しないで。大丈夫よ」楽しげに微笑みながら、英理香は言った。「この程度の太さ、太一のオチ×チンに比べればなんてことないわ」

バイブの先端で、英理香は肛門の表面を撫で回す。窄まりの中心にあてがい、右に左に回転させて甘やかなドリルを施す。

「あっ……あうっ……んお……おおおっ」

佐和子が艶めかしい声でくすぐったがる。さすがに英理香は、アヌスの愛撫の仕方を充分に心得ていた。

「さあ、息を吐いて、力を抜いて……いくわよぉ」

「ま、待ってください、英理香さん……私、お尻の経験ないんですっ、はぐうぅ！」

たっぷりの唾液にまみれたバイブが、肛門にググッと押し当てられる。

しかし、やはりそう簡単にはいかなかった。アヌスは排泄器官であることを堅持し、侵入者を拒み続けている。

なおもバイブに力を込めて英理香が言った。

「ちょっと、佐和子さん、力を抜きなさいって言ってるでしょう」

「あうっ、うぐ……そ、そう言われましても……！」

生理的な恐怖からか、どうしても肛門が強張ってしまうようである。

太一はどうしたものかと考え、佐和子の腋の下に両手を伸ばした。指を柔らかく曲げて熊手のようにし、彼女の腋の下をススッと甘やかに撫でる。

「ひゃいぃ、くすぐった……あ、ウグウゥンッ！」

こそばゆさによって、固く閉じた肛門に一瞬の隙が生じた。バイブの先端がズルンッと潜り込み、佐和子のアナル処女を奪ってさらに深く進入していく。

根元近くまでバイブを押し込むと、英理香はリモコンで電源のスイッチをオンにし、そして挿入の深さを微調整した。

「この辺かしら……。どう、佐和子さん、子宮口に響くでしょう？」

「はひっ、ひいいっ⁉　な、なんでぇ、お尻に入ってるのに……おぉ、んおおぅ！　アソコの、オマ×コの奥が、痺れる、ビリビリするうぅ！」

バイブの振動が肉壁を越えて、女の一番の性感スポットであるポルチオに伝わり、佐和子はビクッビクッと艶尻を跳ね上げる。

（おおっ、す、凄いっ。チ×ポも震えるっ）

その振動は、膣路の中のペニスにも当然伝わった。太一としては、佐和子の前と後ろの穴を同時に犯してみたかっただけで、こうなることは予想していなかった。

これまでオナニーにバイブやローターを使ったことなど一度もなく、まったく初体験の感覚である。ジンジンとするその愉悦に、早くも射精感が込み上げてくる。

太一は熟腰を力強くつかみ、威勢良くペニスを抽送させた。

丸々とした豊臀が波打つほどに腰を叩きつけ、女体を淫らな打楽器にして、パンッパーンッと小気味良いリズムを刻んでいく。

「ああっ、すっごく気持ちいいですよ。オマ×コもバイブも……これ、すぐに射精しちゃいそうです。佐和子さんはどうですか？」

「はあぁ、はひいっ！　とっても……んおおおぅ！　おふううーっ！」

「どっちの方がより気持ちいいですか？　オマ×コ？　お尻？」

「ああぁ、わかりません……はっ、はふっ、ふううっ……おぉオマ×コも、お尻の穴もぉ、どっちも気持ちイイィ！」

突っ伏したテーブルにしがみつき、よがり狂いながらも健気に答える佐和子。

バイブがポルチオを刺激してくれているので、太一は挿入を浅くし、角度を調整して、張り詰めた亀頭でGスポットを丹念に抉った。

膣内の二つの急所を同時に責められ、佐和子はあられもない悲鳴を上げる。

「うっ、うあぁ、ダメ、えぇえっ！　い、いっ……イクッ、あうぅ、出ちゃウゥ！んおお、ご、ごめんなさひいっ……クゥウウウーッ!!」

尿道口からピュピュッ、ピュウウーッと潮が噴き出し、太一の陰嚢を、太腿を、生温かく濡らしていった。

憧れ続けた女性の潮吹きに、太一の官能が荒れ狂う。射精のときが近いのを感じながら、ラストスパートの嵌《は》め腰を轟《とどろ》かせた。さらに、

「英理香さん、美咲さんも……佐和子さんがもっと、もっと！　気持ち良くなれるように、お願いしますっ！」

太一の号令を受けて、英理香はすぐさまバイブに手を伸ばす。根元をつかんで時計回りに猛回転させ、肛穴の縁がねじれるほどに擦り立てる。

続いて美咲も、ずる剝けのクリトリスを二本の指でつまみ、超ミニサイズの陰茎に手コキを施すが如く、シコシコシコッとしごき立てた。

「ねぇ佐和子さん、ときどきでいいから、これからもあたしたちを交《ま》ぜてくれませんかぁ？　佐和子さんが気持ち良くなれるように、あたしたちも協力しますからぁ」

これからも太一とセックスができるよう、美咲は抜け目なく佐和子に打診する。

しかし佐和子は答えなかった。太一を独り占めしたくて、無言で拒否したわけではない。ほぼ休みなく、立て続けに十五回という絶頂に次ぐ絶頂。それにより、女体は完全にイキ癖がついてしまったのだ。

「いやぁ、イグッ！　イグイグぅ！　んぐーっ、またイグウゥ!!」

「……佐和子さんったら、もうイキっぱなしなのねぇ」鬼気迫るほどのイキ様《ざま》を眺めながら、英理香が羨ましそうに呟く。

太一も限界だった。もはや我慢する必要もないだろう。佐和子は充分に理解したはずである。この若い牡なら、自分の情欲をどこまでも満たしてくれるだろうと。

「イキますっ……佐和子さん……オウウウッ!!」

愛していますと胸の奥で叫び、膣穴の底に亀頭をめり込ませ、煮えたぎる白いマグマを盛大に噴き出した。

「あっつうぅ！　ひぎいぃ、イイッグゥうううーッ!!」

店の外まで響いてしまいそうな断末魔の絶叫が響く。シャチホコの如く仰け反り、全身を戦慄かせて、しがみついているテーブルをガタガタと震わせる。

不意に叫び声がやんだ。女体の震えも止まった。

佐和子は顔ごとテーブルに突っ伏し、ピクリとも動かなくなる。

その直後、女陰からまた温かい液体がほとばしった。クリ責めをしていた美咲が「きゃあっ」と驚きの声を発する。

今度の液体は、黄金色に輝いていた——。

エピローグ

ひと月余り経ち、夏休みも終わって、太一は再び大学生としての日々に戻った。

その間に、佐和子の離婚が成立していた。

佐和子たち夫婦には持ち家がなく、子供もいなかったので、不動産の分与や、親権者、養育費の問題など、離婚協議で最も揉める要素がなかった。そのうえ、夫婦共に離婚の意思があったので、一か月という短期間で決着したのである。

離婚の原因は夫の浮気だったので、無論、それに対する慰謝料が支払われた。美咲からの又聞きだが、その金額は相場より若干低めだったという。しかし佐和子は、そのことで争うつもりはないらしい。

晴れて独り身になった佐和子は、より大胆に行動するようになった。男に尽くすタイプの彼女は、思いつく限りに太一の面倒を見ようとする。それは食事や洗濯などの家事だけにとどまらなかった。

太一は、心地良い感触にふと目を覚ます。

視界には、太一の住む安アパートの天井。カーテンが閉じているので薄暗い。外からはチュンチュンとスズメの鳴き声が聞こえてきた。朝だ。

フローリングの床に直接敷いた布団――その寝床の中で、起き抜けのボーッとした頭で、股間より湧き上がる愉悦を感じ取る。

天井から視線を下ろすと、掛け布団の一部が盛り上がり、モゾモゾと蠢いていた。

それは今や、毎朝の見慣れた光景だった。

(ああ、今日も気持ちいい……)

寝起きのふわふわとまどろむ感覚と、ヌメヌメしたものが陰茎を擦り上げる感触が混ざり合い、うっとりと吐息を漏らす。

掛け布団を盛り上げているものの正体、それはいわずもがな佐和子である。佐和子は朝食を作るため、毎日、まだ太一が寝ている間にこの部屋にやってくるのだ。そのためのスペアキーは渡してある。

朝食の下準備が終わると、佐和子は優しく起こしてくれるのだが、いつしかその方法は実に淫らなものとなった。佐和子は布団の中に潜り込み、寝ている太一の股間を、朝勃ちしたイチモツをしゃぶってくれるのである。いわば、目覚ましフェラだ。

すでにパジャマのズボンは脱がされ、ボクサーパンツも片方の足首にひっかかっている状態。ねろりねろりと裏筋を丹念に擦られた後は、生温かく湿った空間に亀頭が閉じ込められる。ペニスの先を咥えられたのだ。

きっと佐和子は今、破廉恥な牝の笑みを浮かべていることだろう。布団の内部に隠れて見えないのが、逆にエロチックな想像を掻き立てた。また、次になにをされるかわからないのもドキドキする。

「んっ……んむっ、ちゅぶっ……んも、むぼっ、ちゅぼっ」

彼女の肉厚の朱唇が、ペニスの幹を締めつけながらしごき始めた。上下に動く掛布団の膨らみ。

不意に、ひんやりとした掌の感触が陰嚢を包み込む。赤子をあやすように優しく撫で、そして柔らかに揉んでくる。

「うっ……ん……」

込み上げる快美感に、太一は思わず呻き声を漏らした。布団の中の佐和子にも聞こえたかもしれない。もう目を覚ましていると気づかれたかもしれない。

しかし口奉仕は止まらなかった。むしろ、より過激なものとなる。

「じゅる、ずぼっ、ちゅぼぼっ……むちゅっ、じゅっ、じゅぷっ、じゅぶぶぶっ！」

佐和子の得意とするバキュームフェラが、肉棒を荒々しいストロークでしゃぶり立てた。さらには指の輪っかの感触が幹に絡みつき、勢い良く根元がしごかれる。

たちどころに射精感が膨れ上がり、太一は臨界を越えた。

「おぅ、うっ……んんんンッ……!!」

痙攣する大臀筋《だいでんきん》。朝一番の初搾りを大量に噴き出す。

射精の悦を極めたことで、頭はすっかり覚醒した。掛け布団をめくると、果たせるかな、うずくまってペニスを咥える佐和子が、太一に向かってにっこりと微笑んだ。

佐和子は尿道内の残滓《ざんし》をすすり尽くしてから、ペニスにまとわりついている粘液を朱唇でこそぎ取るようにする。チュポンッと肉棒が口の外に出る。

「おはようございます、太一さん」

「おはようございます。今日の味はどうでしたか？」

「ふふっ、太一さんの精液、今日もとっても美味しかったです。ごちそうさまです」

佐和子が言うには、朝一番のザーメンが最も美味しいそうだ。

「それじゃあ、すぐに朝ご飯をお作りしますね」と言って、佐和子は立ち上がろうとする。しかし、太一は彼女の手首をつかみ、それを制した。

空いている方の手を、スカートの裾から素早く潜り込ませ、彼女の股ぐらをパンティ越しに撫でる。股布はしっとりと湿っていた。

「あ、あぅん……ダメです、太一さん、そんなことされたら、佐和子、したくなっちゃいます。今日は、英理香さんたちと……する日ですよね？」

木曜日は、太一の受ける講義が三時限目までしかない日である。午後二時四十分に講義が終わると、太一はすぐに大学の正門前に向かうことになっている。そこには英理香と美咲が待ち構えていて、英理香の運転する自動車に乗って、ラブホテルに急行するのだ。

佐和子はそのことを咎めない。英理香と美咲が懸命に頼み込んだからだ。夫に抱いてもらえない女の寂しさは、佐和子も痛いほど理解しているので、断るに断れなかったという。ただし、週に一回だけという約束だそうだ。

今日はその木曜日。午後には二人の人妻に搾り尽くされるのだから、今は目覚ましフェラの一発だけにしておいた方がいいのではと、佐和子は考えているのだろう。

「でも、僕は今、佐和子さんとしたい。佐和子さんが欲しいんです。駄目ですか？」

佐和子の美貌が赤く染まり、みるみる蕩けていった。

「あ、あぁ……そんなふうに言われたら……佐和子も、佐和子だって、太一さんが欲しいです……！」

「じゃあ、いいですね？」太一は彼女を四つん這いにさせる。スカートをめくり上げ、パンティの股布を脇にずらした。「ああ、もうグチョグチョだ。すぐに入れますよ」

「は、はい……してください。佐和子の、濡れ濡れの、イヤらしいオマ×コに、太一さんのオチ×ポをっ……はっ、はうぅん！」

バックの体位で挿入し、太一は力強く膣壺を抉り始めた――。


ゆっくりと朝食を食べ終えて、二人は一緒にアパートを出る。

せっかくなので、佐和子を大学のキャンパスまで連れていった。佐和子は恥ずかしがったが、太一はいい気分だった。

同じ学部の友人たちが、太一を見つけて話しかけてくる。

太一が「僕の彼女だよ」と佐和子を紹介すると、どう見ても三十代の彼女に戸惑いつつ、しかしその艶めかしくも清楚な美貌に目を奪われ、揃って羨ましそうな顔をした。

友人たちと別れた後、

「私みたいなおばさんを彼女だなんて紹介して……良かったんですか？」

「佐和子さん、自分のことをおばさんって言うの禁止です」

佐和子は頬を赤らめ、「……はい」と呟く。
そして、指と指を交差して絡ませ合う〝恋人繋ぎ〟に、ギュッと力を込めてくるのだった。

（了）

※本作品はフィクションです。作品内に登場する
団体、人物、地域等は実在のものとは関係ありません。

魅惑《みわく》のハーレム喫茶《きっさ》

〈書き下ろし長編官能小説〉

2021 年 5 月 31 日初版第一刷発行

著者……………………………………………九坂久太郎

デザイン………………………………………小林厚二

発行人…………………………………………後藤明信

発行所…………………………………株式会社竹書房

〒 102-0075 東京都千代田区三番町 8-1

三番町東急ビル 6F

email：info@takeshobo.co.jp

竹書房ホームページ　http://www.takeshobo.co.jp

印刷所…………………………中央精版印刷株式会社

■定価はカバーに表示してあります。

■落丁・乱丁があった場合は、furyo@takeshobo.co.jp までメールにて
お問い合わせください。